读客®

读客彩条外国文学文库

外国文学读彩条，大师经典任你挑

囚鸟

[美] 库尔特·冯内古特　著

董乐山　译

北京日报出版社

图书在版编目（CIP）数据

囚鸟 /（美）库尔特·冯内古特著 ; 董乐山译 . --
北京 : 北京日报出版社 , 2023.11
  ISBN 978-7-5477-4583-0

Ⅰ.①囚… Ⅱ.①库… ②董… Ⅲ.①长篇小说－美
国－现代 Ⅳ.① I712.45

中国国家版本馆 CIP 数据核字 (2023) 第 078688 号

囚鸟

作　　者：［美］库尔特·冯内古特
译　　者：董乐山
责任编辑：张志新
助理编辑：曹　云
特约编辑：高　洁　　　张敏倩　　　夏文彦
封面设计：陈绮清
出版发行：北京日报出版社
地　　址：北京市东城区东单三条8-16号东方广场东配楼四层
邮　　编：100005
电　　话：发行部：（010）65255876
　　　　　总编室：（010）65252135
印　　刷：河北中科印刷科技发展有限公司
经　　销：各地新华书店
版　　次：2023年11月第1版
　　　　　2023年11月第1次印刷
开　　本：880毫米×1230毫米　1/32
印　　张：8.5
字　　数：195千字
定　　价：59.90元

献给本杰明·D. 希茨，

我年轻时的挚友，

我婚礼上的伴郎。

本，你以前常告诉我

你刚刚读过的精彩书籍，

然后我会想象，我

也读过它们。

当我学习化学的时候，

你只读最好的，本。

好久不见。

序幕

是啊——基尔戈·特劳特又回来了。他在外面没法混。这并不丢脸，很多好人在外面都没法混。

我今天早上（一九七八年十一月十六日）接到一封信，是印第安纳州皇冠岬一个名叫约翰·菲格勒的陌生年轻人寄来的。皇冠岬恶名昭著，因为关押着抢银行的惯盗约翰·迪林杰。大萧条最难熬的时候，他越狱了。迪林杰用肥皂做了一把手枪，涂上鞋油，以此威胁看守，逃了出去。看管他的看守是女的。上帝保佑他的灵魂得到安息，还有她的灵魂。迪林杰是我少年时代心目中的侠盗罗宾汉。他葬在印第安纳波利斯[1]的皇冠山公墓中我父母和我妹妹爱丽丝的墓地附近——爱丽丝比我还要崇拜他。葬在那里的，葬在全城最高点皇冠山顶上的，还有"本州诗人"[2]詹姆斯·惠特科姆·赖利。

1　美国印第安纳州的首府。——编者注（本书中的注释均为编者注）
2　原文为"The Hoosier Poet"，"Hoosier"是印第安纳州人的别称。

我母亲小的时候跟赖利很熟。

迪林杰是被联邦调查局特工当场拔枪打死的。他没有逃，也没有拒捕，但在公共场所被击毙。因此，我早就对联邦调查局不怎么敬重。

约翰·菲格勒则是一个奉公守法的中学生。他在信中说，他几乎读了我所有的作品，如今打算点穿我迄今为止的著作中的一个核心思想。下面是他的原话："爱虽败而礼必胜。"

我觉得这话说得很对，而且很全面。因此我现在——刚过五十六岁生日才五天——就非常尴尬，感到根本不需要写好几本书，人家一封七个字的电报就一语道破了一切。

这不是开玩笑。

可是年轻的菲格勒一针见血的话来得太迟了。我已经快要写完另外一本书了——就是这本。

这本书中的一个次要人物——肯尼思·惠斯勒，原型是我父辈的一位印第安纳波利斯人。他的真实姓名叫鲍尔斯·哈普古德[1]。有关美国劳工运动的历史书中有时会提到他，因为他在几次罢工和

---

[1] 美国工会组织者和社会党领导人，因在20世纪20年代参与美国矿工联合会（United Mine Workers）而闻名。

抗议杀害萨科-万泽蒂[1]等事件中表现得很勇敢。

我只见过他一次。我同他，还有我父亲和亚力克斯叔叔（我父亲的弟弟）在印第安纳波利斯市中心的斯特格梅耶餐厅一起吃午饭。我那时刚从欧洲参加第二次世界大战回来，那是一九四五年七月，第一颗原子弹还没有扔在日本——那是大约一个月以后的事。真想象不到。

我当时才二十二岁，还穿着军服，是个一等兵，在去参战以前是康奈尔大学化学系学生，因为成绩不及格而退了学。我的前途不妙，没有家族企业要我接班，我父亲的建筑事务所已经倒闭，他已破产。不过我还是订了婚，心里想："除了妻子，还有谁愿意同我睡觉呢？"

我在别的书里已经令人讨厌地说过，我的母亲不愿再继续活下去了，因为她不能再做结婚时的那个人——城里最有钱的女人之一。

安排这顿午饭的是亚力克斯叔叔。他和鲍尔斯·哈普古德是哈佛大学同学。哈佛大学贯穿本书，尽管我自己从来没有上过这所大

---

1 指尼古拉·萨科（Nicola Sacco）和巴托洛米奥·万泽蒂（Bartolomeo Vanzetti），均是无政府主义激进分子、来自意大利的新移民。1919年和1920年，波士顿的两个小镇各发生了一起抢劫枪击案，且1920年的案件中有人员伤亡。两起案件的目击者都称开枪的人是意大利裔模样。警方考虑到两起案件作案手法、工具和目标的相似性，决定并案处理。意大利移民萨科和万泽蒂很快被警方列为犯罪嫌疑人。他们两人为了掩盖自己的无政府主义激进分子身份对警察撒了谎，且警察在他们身上搜出与犯罪现场匹配的枪支。尽管多方人证证实了两人的清白，世界各地也竭力声援两人，但两人最终还是被电刑处死。1977年8月23日，在两人被行刑整整50年之后，马萨诸塞州州长迈克尔·杜卡基斯为他们平反，并宣布当天为"萨科-万泽蒂纪念日"。"萨科-万泽蒂"如今已经成为蒙冤而死者、受迫害者的代名词。

学。我后来在那里教过书，时间很短，没有什么成绩可言，那时我自己的家庭也正濒临破裂。

我当时向一个学生吐露了这件事——我的家庭就要破裂。

对此，他的答复是："这看得出来[1]。"

亚力克斯叔叔在政治上很保守，哈普古德要不是因为与他是哈佛大学同学，我想是不会乐意同我叔叔一起吃饭的。哈普古德当时是美国工会的负责人，当地产业工会联合会的副主席。他的妻子玛丽[2]曾经一而再，再而三地被提名为社会党的美国副总统候选人。

说实话，我第一次在美国副总统选举中投票时，投的就是诺曼·托马斯[3]和玛丽·哈普古德，压根儿不知道她也是印第安纳波利斯人。那一次是富兰克林·D. 罗斯福和哈里·S. 杜鲁门赢了。我当时以为自己是社会主义者，我相信社会主义对老百姓有好处。我在军队里不过是个一等兵，当然算个老百姓。

这次我之所以会同哈普古德相见，是因为我对亚力克斯叔叔说，我在离开军队以后想到工会找个工作。在当时，要在经济上从老板那里争取一些公平待遇，工会会是个很令人钦佩的工具。

亚力克斯叔叔大概这么想：上帝保佑！要同愚蠢相斗，甚至天

---

1 此处字体变化为根据原文所作的相应变体，余同。
2 指下文的玛丽·哈普古德，美国政治家、社会党成员，因参与前文中萨科和万泽蒂枪击案的辩护而广为人知。普利策奖获得者厄普顿·辛克莱称她为辩方的"圣女贞德"。在参与此案的过程中，她遇见了她的丈夫鲍尔斯·哈普古德。1932年，她被提名为美国副总统候选人。
3 指诺曼·马图恩·托马斯（Norman Mattoon Thomas），美国长老会的一位牧师，他以社会主义者、和平主义者和6届美国社会党总统候选人的身份而闻名。

神也赢不了。好吧——至少有一个哈佛大学出身的人，可以同他讨论讨论这个荒谬的梦想。

（头一个说愚蠢和天神相斗的话的人是席勒。尼采对此的答复是："要同无聊相斗，甚至天神也赢不了。"）

这样，亚力克斯叔叔就和我坐在斯特格梅耶餐厅，要了啤酒，等待父亲和哈普古德的驾临。他们说好是分开来的。要是他们一起来，路上就没有什么话可说。那时父亲已对政治啦，历史啦，经济啦这些东西完全失去了兴趣。他常常喜欢说，空谈太多。对他来说，感觉比思想更有意义——特别是手指摸到自然物体的感觉。二十年后他临死时还说，他后悔没有当陶工，不然可以一天到晚揉泥块。

对我来说，这很伤心，因为他受过良好教育。我觉得他好像是在把聪明才智随便扔掉，就像一个仓皇撤退的士兵一路上把步枪和背包都扔掉一样。

别人却觉得这很好。他在本市是个极受敬重的人，双手极巧。他待人总是彬彬有礼，没有心眼儿。在他看来，手艺人个个都是圣人，不论他们实际上有多么卑鄙或愚蠢。

附带说一句，亚力克斯叔叔的双手什么也干不来。我的母亲也是，她连一顿早饭也不会烧，一颗纽扣也不会钉。

鲍尔斯·哈普古德能挖煤矿。那就是他从哈佛大学毕业以后干的事。别的同学都到家族企业、交易所或者银行等地方去工作，他却去挖煤矿。他认为要做劳动人民的真心朋友，本人就得是个工人——而且还应该是个好工人。

因此我不得不说，在我开始了解我父亲的时候，在我自己说得上是成年人的时候，我父亲是个从生活中全面撤退的好人。我母亲早已投降认输了，从我们家的组织表上消失。因此失败的气氛一直是跟着我的一个同伴。因此我一直很崇拜鲍尔斯·哈普古德那样的勇敢老战士，还有别的一些人，他们对于客观世界中在发生的事仍然很想了解，他们对于怎样从失败的虎口中夺取胜利，仍有很多的主意和办法。"如果我要活下去，"我这么想，"我最好以他们为榜样。"

我曾经想写一本关于我父亲同我在天堂团圆的小说。实际上，本书的初稿就是那么开始的。我希望在小说里成为他真正的好朋友，但结果是小说写得很不顺手，写我们熟悉的真人的小说常常是那样。在天堂里，你愿意多大就多大，只要你在地球上活到过那年龄。比如，标准石油公司创建者约翰·D.洛克菲勒在天堂里只要不超出他实际在世年龄九十八岁，自己愿意多大就多大。古埃及国王图坦卡蒙在天堂里只要不超出他实际在世年龄十九岁，自己愿意多大就多大。别人也是这样。作为小说的作者，我感到很泄气，因为我父亲在天堂里只想保持九岁那么大。

我自己却选了四十四岁——此时外表令人敬重，但对异性仍相当有吸引力。我见到父亲时不禁感到又难堪又生气。他就像一个九岁孩子那样，像只小猴子，眼珠骨碌碌地转个不停，双手乱动。他有用不完的铅笔和便笺本，老是跟在我的后面，什么都画，画完了就死乞白赖地要我说好。不相熟的人有时问我，这个陌生的小孩子是谁，我不得不据实回答："他是我的父亲。"因为在天堂里是说不得谎话的。

大孩子们喜欢欺侮他，因为他不像别的孩子，他不喜欢说孩子气的话、玩孩子玩的游戏。大孩子们常常追赶他，捉住他，剥他的裤子、裤衩，剥下来扔在地狱口里。地狱口看上去像口许愿井，不过没有水桶和辘轳。你趴在地狱口的边上可以听到轻微的声音：下面很深很深的地方有希特勒、尼禄王、莎乐美、犹大那样的人在叫饶命。我可以想象，希特勒本来已经吃尽苦头，如今还不断地让我父亲的裤衩蒙住脑袋。

每次我父亲被剥掉裤衩，就跑来找我，脸气得发紫。往往那是我刚交了几个新朋友，正要给他们一个态度潇洒的印象的时候，我父亲就出现了，又哭又骂，露着的小鸡鸡摇摇晃晃。

我向我母亲告他的状，可是她说她不认识他，也不认识我，因为她只有十六岁。因此我甩不掉他，我只能斥责他几声："看在老天爷的分儿上，父亲，请你快长大，好不好？"

事情就是这样。这部小说一定会令人非常不愉快，因此我就搁笔不写它了。

时间来到一九四五年七月，父亲走进了斯特格梅耶餐厅，仍旧生气勃勃。他当时的年龄大概与我现在相仿，是个对续弦毫无兴趣，对找一个不论哪样的情人都无明显愿望的鳏夫。他留着一撮大胡子，就像我现在留的这样。当时我是把胡子刮得光光的。

当时一场可怕的苦难——一场全球性的经济崩溃，继之以一场全球性的大战——正要结束。到处都有战士开始复员回家。你可能以为父亲会对这件事，会对正在诞生的新纪元发表意见，哪怕是十分随便的一带而过的意见，但是他没有。

相反，他却说起那天早上他遇到的一件意外的事，说得十分娓娓动听。他在开车进城的路上，看到一所老房子正在被拆除。他停下来，走近看了一眼屋架子，发现前门门槛的木材很少见，他最后判定那是杨木。他估计那个门槛的横截面大约有八英寸见方，四英尺长[1]。他这么喜欢这块木头，拆房子的人就把它送给了他。他向他们借了一把锤子，把木头上能够发现的钉子都起了出来。

然后他把这块木头送到锯木厂，要厂里的人把它剖成木板，以后再决定用途。他主要是想看看这种不常见的木材的纹理。锯木厂的人要他保证里面没有一颗钉子，他做了这样的保证。谁知木头里面还有一颗钉子没有被起掉，因为它的钉帽已经掉了，所以看不出来。圆锯碰到钉子时发出一声刺耳的尖叫，锯子被卡住了，可是传送带还在转，因此冒出了一股烟。

如今父亲得赔一把新锯子、一条新传送带，锯木厂的人还叫他以后别再送这种用过的木材上门来。他却觉得很高兴。这故事可以说是一个童话，对谁都有教育意义。

亚力克斯叔叔和我对这个故事没有很强烈的反应。像父亲的所有故事一样，这个故事像只鸡蛋那样包装严密，自成一体。

1　1英寸约为2.54厘米，8英寸约为20.32厘米；1英尺约为30.48厘米，4英尺约为1.22米。

　　我们又要了一些啤酒。亚力克斯叔叔后来成了酗酒者互助会印第安纳波利斯分会的一名联合创建人，尽管他的太太常常特别声明他本人从来不酗酒。他此时开始谈论哥伦比亚罐头公司，这是鲍尔斯·哈普古德的父亲威廉（也是哈佛大学出身）一九〇三年在印第安纳波利斯创办的一家罐头厂。这家公司在工业民主方面的试验很有名，不过我以前从来没有听说过。我以前没有听说过的事情可多着哩。

　　哥伦比亚罐头公司生产番茄汤、辣椒酱、番茄酱等食品。它极其依赖番茄。这家公司直到一九一六年才转亏为盈。不过它刚开始赚钱，鲍尔斯·哈普古德的父亲就把他认为世界其他地方的工人自然都能得到的一些福利给了他的职工。公司其他两个主要股东是他的兄弟，也是哈佛大学出身，他们同意他的意见。

　　于是他成立了一个由七名工人组成的委员会，就工资和工作条件向董事会提出建议。董事会未经任何人催促，就宣布以后不会再有淡季解雇工人的事发生，即使他们这一行是极具季节性的工业。董事会还宣布工人休假期间工资照付，工人及其家属医疗免费，病假发病假工资，退休有退休办法，公司的最终目的是通过以股票代替奖金这个办法，把公司变成工人的产业。

　　"公司破产了。"亚力克斯叔叔说，语气里有着一种达尔文式的恶意的满足。

　　我父亲没有说什么。他很可能根本没有在听。

　　我现在手头有一本迈戈尔·D. 马卡西奥著的《哈普古德们：

热心家三兄弟》（弗吉尼亚大学出版社，夏律第镇，一九七七年版）。副标题里的三兄弟是哥伦比亚罐头公司创建人威廉和他的兄弟诺曼、哈钦斯，后两个人也是哈佛大学出身，都是在纽约市内和纽约一带活动的有社会主义倾向的记者、编辑、作家。据马卡西奥说，哥伦比亚罐头公司一直到一九三一年受到大萧条致命冲击之前，都办得相当成功。大萧条后许多工人走了，留下来的人工资减了一半。公司欠了大陆罐头公司一大笔钱，大陆罐头公司坚持对它的职工采取比较传统的态度，即便对方是股东。大多数职工确是股东。试验就此结束，根本没有什么钱再花在这上面。过去由于分享利润计划而得到股票的人，如今成了一家几乎停业的公司的股东。

哥伦比亚罐头公司没有马上破产。在亚力克斯叔叔、父亲、鲍尔斯·哈普古德和我四人一起吃午饭的时候，它实际上还存在。不过它现在只是一家普通的罐头公司而已，发的工资不比别的罐头公司多一分钱。到一九五三年，它就被完全卖给一家大公司了。

这时鲍尔斯·哈普古德走进了饭馆，他是个模样平常的中西部盎格鲁-撒克逊后裔，身穿一套廉价常服，衣领上别着一枚工会徽章。他兴高采烈。他跟我父亲不是很熟，跟亚力克斯叔叔却很熟。他为迟到道了歉。那天上午他上了法庭，为几个月以前一次罢工时发生的斗殴事件作证。他本人与斗殴没有关系。他一身是胆的日子已经过去了。他如今不再同人斗殴，也不再遭人痛打或关在牢里了。

他是个能说会道的人，说的故事比父亲说的或亚力克斯叔叔说的要好听得多。他在领导反对杀害萨科和万泽蒂的示威运动之后，曾被关进一所疯人院里。他曾经同约翰·L.路易斯领导的美国矿工联合会的组织者斗争，他认为他们太右倾。一九三六年他任产业工业联合会的组织者，在新泽西州的卡姆登领导对美国无线电公司的罢工。他被关进监狱后，好几千名罢工的工人包围了监狱，有点儿像一伙暴民。不过他们不是想用私刑处死关在里面的人，而是要救他。监狱长细忖之下，觉得还是把他放了为妙。他说啊说，他说的故事，我把我所记得的一部分放在本书一个虚构人物的嘴里。

后来我发现，那一整个上午他在法庭上也是在讲故事。法官听得入了迷，法庭上的人几乎个个都听得入了迷——大概是因为他做这样高度冒险的事却毫无自私的动机。我想一定是法官怂恿哈普古德没完没了地讲下去的。在那时候，劳工运动史可以说是一种海淫海盗的东西，如今更是这样。不论是在学校里还是在好人家的家里，不论是在过去还是在现在，工人受苦和大胆斗争的事都是说不得的犯忌的事。

我还记得那个法官的名字，他叫克莱科姆。我之所以能这么容易记得他的大名，是因为我是他儿子"月亮"的中学同学。

据鲍尔斯·哈普古德说，月亮·克莱科姆的父亲在中午休庭之前问了他最后一个问题："哈普古德先生，为什么你一个出身名门又受过良好教育的人，愿意过现在这样的生活？"

"你问为什么？"据哈普古德说，他这样回答道，"是因为基督在山上的教谕，先生。"

月亮·克莱科姆的父亲听了此言便宣布："本庭休庭至下午

两点。"

基督在山上的教谕究竟是什么？

那是耶稣基督的预言。他说，精神上贫乏的人会进天国；悲痛的人会得到安慰；驯良的人会成为人世的主人；渴望正义的人会得到正义；慈悲的人会得到慈悲的对待；心地纯洁的人会见到上帝；为和平而努力的人会被称作上帝的儿子；为正义而遭受迫害的人也会进天国；等等。

本书中受到鲍尔斯·哈普古德启发而写的人物没有结婚，有饮酒过度的问题。而鲍尔斯·哈普古德是结了婚的，并且就我所知，他没有很严重的饮酒过度的问题。

还有一个次要人物，我叫他"罗伊·M.科恩"。他是以那个名叫罗伊·M.科恩的著名反共分子、律师、企业家为原型的（我不得不承认，这有点儿太直截了当了）。我把他写在书里是昨天（一九七九年一月二日）通过电话得到他的许可的。我向他保证不会对他有什么不利，要把他写成一个不论对人起诉还是为人辩护都振振有词、颇有成效的律师。

那天中午与鲍尔斯·哈普古德一起吃完中饭回家的路上，我亲爱的父亲在车上久久沉默。我们都搭父亲的顺风车，由他开车。大约十五年后，他因开车闯红灯被拘。那时人们才发现他已有二十年没有驾驶执照了——这就是说，我们同鲍尔斯·哈普古德一起吃中饭的那一天，他也没有驾驶执照。

他的房子在乡下比较远的地方。我们将车开到市郊时，他说我们要是运气好的话会看到一条奇怪的狗。他说那是一条德国牧羊犬，因为老被汽车撞，已站立不起来了。但是那条狗一见到汽车仍要蹒跚地追赶，目无惧色，怒气冲天。

但是那天那条狗没有露面。不过的确有那条狗，我后来独自开车经过时看到过它。它趴在公路边上，准备用牙齿狠狠地咬我汽车前面右轮的车胎。它冲刺的模样叫人可怜。它的后半截身子几乎动弹不得，只能用两条前腿所剩余的力气拖着身体，仿佛拖的是一只旅行箱。

那是原子弹丢在广岛的那一天。

还是回过来说我同鲍尔斯·哈普古德一起吃中饭的那一天。

父亲把汽车停在车库以后，终于在这顿饭上说了一句话。他对哈普古德谈到萨科-万泽蒂案件时那种激动的样子感到不解，那起案子当然是美国历史上最耸人听闻，引发了最激烈的辩论的司法误判案件之一。

"你知道，"父亲说，"我没有想到他们会是无罪的。"

我父亲就是这样一个纯洁的艺术家。

本书提到的罢工工人和警察、军队的一次暴力对抗，叫作"凯霍加大屠杀"。这场大屠杀完全是虚构的，是把不久以前许多这样的暴力对抗事件中的点滴拼凑起来的。

在本书主要人物沃尔特·F.斯塔巴克的心目中，这是一个传奇。他的一生受到了这次屠杀的附带影响，尽管这次屠杀发生在一八九四年的圣诞节早上，早在斯塔巴克出生之前。

故事是这样的：

一八九四年十月，俄亥俄州克利夫兰当时产业最大的一位老板，凯霍加桥梁与钢铁公司创建人丹尼尔·麦科恩，通过工头通知他厂里的工人，他们的工资得减少百分之十。当时还没有工会。麦科恩本人是苏格兰爱丁堡的工人阶级家庭出身，一个自学成才的小机械工程师，饱经风霜，头脑聪明。

他的一半劳动力，大约一千人，在一个有演讲天赋的普通翻砂工人科林·贾维斯的领导下离开了工厂，迫使工厂关了门。就是工资不减，他们也几乎无法靠它养家糊口。他们全都是白人，大多数是在当地长大的。

老天爷在那天也表示了同情。天空和伊利湖水一色，都是铅一样的死灰色。

罢工工人拖着沉重的步子回家去，他们住的小屋就在工厂附近。其中许多小屋都是凯霍加桥梁与钢铁公司的产业，街面上的杂货铺也是这家公司开的。

在这些拖着沉重的步伐回家去的人中间，混着平克顿侦探事务所出高价秘密收买的间谍和坐探，他们也装着像别人那样怨愤、颓唐。那家侦探事务所现在还开着，生意兴隆，是拉姆杰克公司的一家全资子公司。

丹尼尔·麦科恩有两个儿子,小的叫亚历山大·汉密尔顿·麦科恩,当时二十二岁;大的叫约翰·麦科恩,当时二十五岁。亚历山大该年五月刚从哈佛大学毕业,成绩平庸。他性格软弱,害羞怕生,说话口吃。大儿子约翰是公司的继承人,在麻省理工学院上一年级时就因成绩不及格而退了学,后来一直是他父亲最信任的得力助手。

工人们不论是参加罢工的还是不参加罢工的,都一致痛恨他们父子两人,但是又承认他们两人比世界上任何人都更懂铸炼钢铁。至于小儿子亚历山大,工人们觉得他女孩子气,又蠢又胆小,不敢走近鼓风炉、锻炉、落锤等工作中最危险的地方。工人们有时见到他就挥挥手帕,以此向这个无用废物打招呼。

多年以后沃尔特·F. 斯塔巴克——这个传奇就存在于他的心目中——问亚历山大,他在哈佛大学毕业以后为什么要到这样一个不友好的环境中去工作,特别是亚历山大的父亲并不坚持他非去不可。亚历山大结结巴巴地蹦出了一个回答,把他的话整理一下就是:"我当时相信有钱人应该对他的钱的来源有一点儿了解。我真是幼稚。对于大笔的财产,应该不加怀疑地接受,或者就一点儿也不要。"

至于凯霍加大屠杀以前亚历山大的口吃问题,那不过是过于谦虚的客气表现。从来没有人能让他沉默三秒钟以上,并把他的思想幽禁在他的心里。

至于在他干劲儿十足的父亲和哥哥面前,他是无论如何也不会多说什么话的。他的沉默掩盖着一个日益使他暗自高兴的秘密:

他终于像他们一样精通业务了。每次在他们还没有宣布决定前，他就几乎总是知道这会是怎么样的一个决定，应该是怎么样的一个决定，为什么是这样的一个决定。天晓得，他也成了一个实业家和工程师，只是别人还不知道而已。

十月里发生罢工的时候，他就能够猜到许多应该做的事情，尽管他以前没有碰到过罢工事件。哈佛大学仿佛存在于另一个星球，他在那里学到的东西无法使工厂复工。但是平克顿侦探事务所却能够，警察也能够——也许国民警卫队也能够。他父亲和哥哥的话还没有说出口，亚历山大就知道，在美国其他地方，不管工资多少，什么活儿都愿意干的穷哥们儿多的是。他父亲和哥哥把这话说出口以后，他就又学会了一点儿生意经：有一些公司，常常伪装成工会，其实真正做的却是招这种工人的生意。

到十一月底，厂里的烟囱又冒烟了。罢工的工人没有钱付房租，买吃的和燃料。他们的姓名早已被通报给方圆三百英里[1]以内的所有大工厂，让他们知道这些人尽是些捣乱分子。他们名义上的领袖科林·贾维斯已经被关进了监牢，被控谋杀——当然是被诬告的——等候审判。

十二月十五日，科林·贾维斯的老婆，大家都叫大妈的，带领二十个罢工工人的老婆组成一个代表团到工厂大门口，求见丹尼

---

[1] 1英里约为1609.34米，300英里约为483千米。

尔·麦科恩。丹尼尔·麦科恩写了一张字条，叫亚历山大下来见她们。亚历山大这次居然一点儿也没有口吃，向她们大声宣读了这张字条上的内容。字条上说丹尼尔·麦科恩太忙，没有工夫见不再同凯霍加桥梁与钢铁公司有关系的外人。还说她们弄错了，公司不是个慈善机构。她们要求救济，可以到教堂或警察局、派出所去，他们会给她们提供一份慈善机构的名单。但是前提是，她们的确需要救济，而且自认为值得救济。

贾维斯大妈对亚历山大说，她要他带回去的口信更简单：罢工工人愿意无条件回去工作。他们大多数人如今已被房东撵了出来，没有栖身的地方了。

"我很抱歉，"亚历山大说，"要是你们愿意，我就再读一遍我父亲的字条。"

亚历山大·麦科恩许多年后说，当时他对这次对垒一点儿也不感到苦恼。他说，相反他还很高兴，因为自己居然是这样一台可靠的"机、机、机器"。

这时有个警长走上前来。他警告这些娘们儿，她们聚众闹事，妨碍交通，危及公共安全，违反了法律。他以法律的名义命令她们立即散去。

她们只好乖乖地散去，退出了工厂门前面的大广场。厂房的正面按原来设计是要使有文化的人联想起意大利威尼斯的圣马可广场的。工厂的钟楼是圣马可广场那栋著名的钟楼缩小一半的仿制品。

亚历山大和他的父兄就是在这栋钟楼的高塔上目睹了圣诞节早

晨发生的那场凯霍加大屠杀。他们各人都带着自己的望远镜，也都带着自己的手枪。

钟楼上没有钟，下面广场四周也没有饭馆或商店。建筑师设计这个广场完全出于功利主义实用的考虑。它有充足的面积，可以供来往的大车、马车和有轨马拉车通过。在使工厂兼有堡垒的作用方面，建筑师也很讲究实效，暴民若要冲进大门就必须先经过那块空地。

当时只有一个报馆记者在场，他是《克利夫兰老实人报》派来的，该报如今也成为拉姆杰克公司的一份报刊了。他跟妇女们一起退出了广场，问贾维斯大妈下一步打算怎么办。

当然啰，她是没有什么办法的。罢工工人已不再是罢工工人了，已成为被攥出了工厂的失业者。

不过她还是给了他一个勇敢的答复：“我们还会回来的。”她还能说什么别的呢？

他问她什么时候再回来。

她的答复其实无非是冬天将临之际基督教徒的诗意空想而已。“圣诞节早上。”她说。

可是这句话被刊登在报纸上了，报馆编辑觉得这句话中有威胁的含意。于是这个快要到来的圣诞节在克利夫兰地区就闻名遐迩了。同情罢工工人的人——牧师、作家、工会工作者、平民派政治家，诸如此类的人——开始络绎来到克利夫兰，好像是等候发生什么奇迹似的。他们直言不讳地反对当时的经济制度。

俄亥俄州的州长埃德温·金凯德动员了一连国民警卫队的步兵来保护工厂。他们都是该州南部农村来的乡下小伙子，同罢工工人非亲非故，没有理由不把他们看作不讲道理的扰乱治安分子。这些小伙子是美国式的理想人物：身体健康，精神愉快，平时安居乐业，一旦国家需要耀武扬威，他们就从公民摇身一变成了军人。他们往往突然从天而降，让美国的敌人猝不及防，目瞪口呆。一旦任务完成，他们就又销声匿迹，不知去向。

全国的正规军原来一直在打印第安人，打到印第安人无法招架才罢手，如今已裁减到只剩三万人了。至于全国各地乌托邦式的民兵，他们几乎都是农家子弟，因为工厂工人健康状况不佳，工作时间太长。后来在美西战争[1]中偶然发现，这些民兵在战场上毫无用处，他们训练得太差。

那个圣诞节前夕民兵开抵工厂时，年轻的亚历山大·麦科恩所得的印象当然就是这样：他们根本不像军人。他们是搭专用列车开到工厂高高的铁篱笆里面的支线上的。他们从车厢里蹒跚地下来，到了卸货的月台上，就好像是各有自己的出门目的的普通旅客一般。他们军容不整，有的没有扣上纽扣，有的上下扣错了。好多人光着脑袋，把军帽也丢了。几乎人人都带着各式各样的大箱小包，形象非常可笑，一点儿不像军人。

1　1898年，美国为了夺取西班牙在美洲和亚洲的殖民地古巴、波多黎各与菲律宾而发动的战争，是列强重新瓜分殖民地的第一次帝国主义战争。最终西班牙请求停战，美国获胜。

那么他们的军官怎么样呢？他们的上尉是俄亥俄州格林菲尔德的邮政局局长。他们的两个中尉是格林菲尔德银行信托公司总裁的一对孪生儿子。邮政局局长和信托公司总裁在本地为州长效劳过，这就是州长的报酬。这三位军官则又将上士、中士的职务委派给为他们效劳过的人。至于小兵们，都是普通的选民，或者选民的儿子，他们能够做的也不过就是高兴时对他们的上级表示一下轻蔑或者嘲弄，使他们的日子不好过一些而已，这种情况大概会世代相传下去。

在凯霍加桥梁与钢铁公司的卸货月台上，老丹尼尔·麦科恩终于憋不住向身旁一个正在优哉游哉地吃东西的民兵问道："这里谁管事？"

说来也巧，他问的正是上尉，后者这么回答他："这个嘛——不瞒您说，就是在下。"

说句公道话，这些民兵虽然荷枪实弹，刺刀上鞘，但到第二天是一个人也不忍心伤害的。

他们在一间闲着的机器车间扎了营，睡在机器中间的过道里。大家都从家里带来了吃的，有火腿、烤鸡、蛋糕、馅儿饼。他们想吃什么就吃什么，什么时候想吃就什么时候吃，机器车间成了个野餐的场地，弄得像农村里的垃圾堆。他们就是那号人。

是的，老丹尼尔·麦科恩和他的两个儿子，那天晚上也在厂里过夜——在钟楼下面他们的办公室里搭了行军床，枕头底下塞了一把装好子弹的手枪。他们什么时候吃圣诞节晚餐？第二天下午三点钟。到那时候，一切就会平安无事了。父亲告诉小亚历山大，凭他受过的教育，应该在吃那顿饭之前，做个合适的感恩祷告。

与此同时，厂里原来的警卫，加上平克顿侦探和市里的警察，在工厂外面通宵轮流巡逻。厂卫原来只携带手枪，如今还带了步枪、短铳枪，有的是从朋友那里借的，有的是从自己家中带来的。

只有四个平克顿侦探可以整夜睡觉。他们也可以说是一种老师傅。他们是狙击手。

第二天早晨叫醒麦科恩父子的，不是起床的军号声，而是从广场附近传来的锤子敲打声和拉锯声。原来在厂门里面，木匠正在搭一个高台。克利夫兰的警察局局长要站在上面，这样可以看到广场上的每一个人。到适当的时候，他就要向群众宣读《俄亥俄州镇压骚乱法》。法律规定这份文件必须当众宣读，在宣读后一小时内，凡十二人或以上的非法集会就必须散去。否则，对违反者可处十年至终身的监禁。

老天爷又表示了同情——天上开始轻轻地下雪。

这时一辆由两匹白马牵拉、关得严严实实的马车，全速驰过广场，在工厂门前停下。在晨光熹微中，马车里下来了州长的女婿乔治·雷德菲尔德上校，他这军职是州长委派的，他从桑达斯基一路赶来，负责指挥民兵。他原来是一家木材厂的老板，同时也做饲料和制冰生意。他并无军事经验，却一身骑兵装束，腰上佩着一把军刀，那是他的岳父送给他的礼物。

他马上到机器车间向部下训话。

不久之后，来的是载着防暴警察的车子。他们都是克利夫兰的普通警察，不过有木板做的盾牌和发钝的长矛作为武装。

钟楼顶上飘扬着一面美国国旗，大门口的旗杆上也挂着一面。

小亚历山大以为这将像露天盛会一样，不会真的有人伤亡。从摆好的阵势来看，什么话都不用说了。罢工工人送信来说，他们只会带妻子儿女来，一个也不会带枪，甚至连三英寸长的刀子也不带。

"我们只希望，"他们在信上说，"到厂里来看最后一眼。我们已经把我们一生中最有为的年华给了这工厂。我们只希望向愿意看我们一眼的人露一露面。我们只希望向全能的上帝露一露面，但愿他愿意看我们一眼。我们只希望在我们不作一声、一动不动地站着的时候，问他一声：'真的有什么美国人该受我们现在这样的罪和苦吗？'"

对于这封动人的信，亚历山大不是无动于衷的。真的，这封信是诗人亨利·奈尔斯·惠斯勒写的，他当时在城里为罢工工人打气，他也是哈佛大学的校友。亚历山大认为，对这封信应该给予一个庄严的答复。他相信，飘扬的国旗、民兵的队伍、严阵以待的警察就是很好的答复。

法律条文将被高声朗读给他们，大家都会听到，大家都会回家去。和平的秩序是无论如何都不会被破坏的。

亚历山大准备在那天下午的祷告中说，上帝应该保护劳动人民，不让科林·贾维斯那样带头闹事的人蛊惑他们，自讨苦吃，自找罪受。

"阿门。"他对自己说。

大家都像原来说的那样来了。他们是步行来的。为了打消他们前来的念头，市里的负责人那天临时取消了那一区的有轨车服务。

他们中间有许多孩子，甚至有被抱在怀中的婴儿。有一个婴儿后来被开枪打死，这倒给了亨利·奈尔斯·惠斯勒写诗的灵感。这首诗后来被谱了曲，至今仍有人在唱："邦尼·费利。"

当兵的在哪儿？他们从八点钟起就站在工厂围墙外面，刺刀上鞘，背包上肩。这种背包重达五十磅[1]。这是雷德菲尔德上校的主意，为的是让他的部下看上去更威武一些。他们排成单行，横过整个广场。作战方案如下：如果群众不听告诫，拒不散去，当兵的就平持刺刀，慢慢地、坚决地把广场驱清，队形要保持成一条直线，刺刀闪烁着寒冷的刀光，前进时要听从口令，一步、两步、三步、四步地前进……

八点以后只有当兵的一直在围墙外面。雪下个不停。所以第一批群众在广场对面出现的时候，他们在工厂前看到的只是一片皑皑白雪，还有他们自己留下的脚印。

那天来的人远远不止那些要凯霍加桥梁与钢铁公司发天良的人。连罢工工人们自己也感到奇怪，那些衣衫褴褛的陌生人都是谁——他们也是携儿带女来的。这些陌生人也想让大家在圣诞节假期都看到他们受的是什么罪，吃的是什么苦。小亚历山大用望远镜看去，只见一个男人举着一块标语牌，上面写着："伊利煤钢公司待工人不公。"伊利煤钢公司压根儿不是俄亥俄州的公司，它在

1　1磅约为453.59克，50磅约为22.68千克。

纽约州的布法罗。

那次大屠杀时遇害的婴儿邦尼·费利竟是凯霍加桥梁与钢铁公司的罢工工人的孩子，使得亨利·奈尔斯·惠斯勒在他的诗歌中用叠句咒骂：

> 老麦科恩铁石心肠，
>
> 该遭天杀，该遭天杀……

小亚历山大是站在紧挨钟楼北墙的办公楼二层窗户后面时，看到抗议伊利煤钢公司的标语牌的。他站的地方是一条长廊，是仿效威尼斯式的，每隔十英尺就有一扇窗户，尽头是一面大镜子，使长廊显得长得没有尽头。窗户都朝着广场。平克顿侦探事务所派来的四名狙击手就埋伏在这条长廊上。每个人都在自己选定的窗户下放了一张桌子，并在桌子前面放了一把坐着很舒服的椅子。每张桌子上都放了一支步枪。

最挨近亚历山大的那个狙击手在桌子上放了一个沙袋，用他多毛的手掌竖着在沙袋上拍出一条槽，他的步枪就搁在槽里，枪柄顶着他的肩膀，这样他就可以舒服地坐在椅子上瞄准下面人群中任何一张脸了。再过去的那个狙击手是机工出身，他动手做了一副三脚架，上面的桨架可以旋转。他把三脚架也放在桌子上，一旦有事他就可以把枪放在桨架上。

"已申请了专利。"他一边告诉亚历山大，一边拍拍他的三脚架。

每个狙击手都将自己的弹药、清膛杆、擦枪布、擦枪油陈放在桌子上，就像陈列货品一样。

窗户都还紧闭着。在其他几扇窗户后面的人要气愤得多，秩序要混乱得多。他们是工厂原来的警卫，通宵未睡。有些人在喝酒，他们说这是"为了避免打瞌睡"。他们带着步枪或短铳枪，守在窗边，以防暴民不惜任何代价袭击工厂，那只有凶猛的枪火才能打退他们。

这些警卫如今也相信暴民肯定是会袭击的。他们惊慌失措，可又强作镇静，这是小亚历山大第一次强烈地意识到"这次盛会恐怕会出事"，这是他数十年以后告诉年轻的沃尔特·F.斯塔巴克的——当然又是结结巴巴的。

他自己当然也在大衣口袋里放了一把装好子弹的手枪。他的父兄也是这样，他们俩如今到走廊上来对上述安排做最后一次视察。这时是上午十点钟。他们说，该是把窗户打开的时候了。广场里已站满了人。

他们告诉亚历山大，该到钟楼的楼顶上去了，以获得纵览无遗的最佳视角。

于是他们打开了窗户，狙击手把步枪放在自己各不相同的枪架上。

这四个狙击手到底是谁？真的有这样一个行业？按照当时的世道，干狙击手这一行的比刽子手更难找到工作。这四个人中没有一个人曾经被人雇来干过这个行当，以后大概也不会有人出钱雇他们来干这个行当，除非发生战争。四个人中，有一个是平克顿侦探事务所的兼职人员，其他三人都是他找来的朋友。他们四人常常在一起打猎，多年以来一直互相吹嘘自己枪法精准，无人匹敌。因此一听到平克顿侦探事务所放出风声说要雇用四名狙击手，他们就马上自动出现了，就像那一连民兵似的。

用三脚架的那个人特地为这次需要发明了这个装置，用沙袋的那个人以前也从来没有用过沙袋来架枪。那些桌子椅子，那些整齐地陈列在桌上的弹药也是如此。他们四个人事先商量好了，真正内行的狙击手应该干一行像一行。

多年以后，亚历山大·麦科恩在斯塔巴克问他那次大屠杀的主要起因究竟是什么的时候，回答说："在生生生死死死问问问题上美国人都是外外外行。"

窗户一打开，外面群众嗡嗡的说话声就随着冷空气传了进来。大家都想保持静默，也自以为在保持静默，但是只要你低声地悄悄说一句，他就得答你一句，这样一来一往，嗡嗡的说话声就连成一片，像海浪拍岸声一样。

亚历山大跟他的父兄站在钟楼上，听到的主要就是这种仿佛海涛拍岸的声音。工厂的保卫者们则十分镇静。除了二楼开启窗户时拉插销的声音，他们没有去理睬外面的声音。

亚历山大的父亲在等待时说了下面的话："我的孩子，铸钢制铁给大家使用，可不是闹着玩的。要不是为了求一温饱，凡是有头脑的人都不会干这一行。问题在于，我的孩子，要摸清楚大家需要多少钢铁产品。只要有人要，丹·麦科恩就知道怎么制造。"

如今围墙里面的气氛活跃了一点儿。克利夫兰警察局局长手里拿着一张纸，上面写的是《俄亥俄州镇压骚乱法》，他从阶梯爬到高台上面。小亚历山大想，这极其庄严的片刻大概就是盛会的高潮了。

可是这时他在钟楼上忽然打了个喷嚏，不但排清了肺里的空气，而且也粉碎了他罗曼蒂克的想象。他明白了下面接着发生的事并不是什么庄严的事，而是发疯。根本没有什么奇迹发生或魔术表演。然而他的父兄、州长甚至可能还有格罗弗·克利夫兰总统，都以为这位警察局局长会摇身一变，成为一个法师、一个魔术家，能够用法术让这批群众说散就散，销声匿迹。

"这办不到，"他想，"这办不到。"

这的确没有办到。

警察局局长施了法术。他大声宣读法律，说话声在厂房之间回荡，传到亚历山大的耳边时，听起来像巴比伦语一样。

什么都没有发生。

局长从高台上跳下来。他的态度使人觉得他根本不希望会发生什么事，外面的人太多了。他极其庄重地回到了自己的队伍旁边，他们有盾牌和长矛作为武装，躲在围墙里挺安全的。他不想叫他们逮捕任何人，或者对这样多的群众做什么挑衅的事。

但是雷德菲尔德上校被激怒了。他命令把大门打开一道缝，让他出去，同他冻得半死的部下待在一起。他站在一条很长的队伍中央，夹在两个农村小哥儿中间。他命令部下把刺刀平持，面冲这批群众，接着他又命令他们向前跨进一步。他们遵令，向前跨进了一步。

小亚历山大往下面望去，他可以看到站在群众前列的人在钢刀前往后退缩，挤到后面的人群中去了。而站在最后面的群众不知道前面发生了什么事，因此并没有往后退。

当兵的又向前跨进了一步，后退的人不仅往后挤也往左右挤。两边的人发现自己被挤到墙边了。当兵的逼到了他们面前，不忍心用刺刀去捅这些手无寸铁的人，就把刺刀避开一些，刀尖和硬墙之间总算留了一些空隙。

据年老以后的亚历山大说，当兵的再进一步时，人们就开始"像水水水一般从队队队伍两头溅溅溅出来"。开始是溅，后来就成了人流，冲破了队伍的两翼，有好几百人拥到后面没有设防的空地上去了。

雷德菲尔德上校两眼直视正前方，不知道两翼的情况，下令再向前挺进一步。

当兵的背后的群众这时就开始不老实了。有个年轻人像猴子一般扑到了一个当兵的背包上去。当兵的一个屁股蹲儿坐在地上，挣扎着站不起来，样子很可笑。当兵的一个个被这样按在地上，即使勉强站起来，又被按了下去。他们只好爬到一起，互相保护。他们不愿开枪。他们趴在一起，像一头头瘫了的野猪。

雷德菲尔德上校不在其中。谁也看不到他的影儿。

后来怎么也找不到是谁下令让狙击手和警卫从厂里的窗户后开枪，但是枪还是开火了。

马上有十四个人被枪弹打死，其中一个是当兵的。二十三个人受了重伤。

亚历山大老了以后说，枪声听起来不过像"爆爆爆米花"一般，他还以为下面的广场上刮过了一阵妖风，因为人群就像"树树树叶子"一般被刮走了。

事情过后，大家都感到满意，尊严得到了维护，正义得到了伸张，而法律和秩序也得到了恢复。

如今广场上除了死尸以外已阒无一人，老丹尼尔·麦科恩从窗户往外望去，对他的两个儿子说："我的孩子，不管你们愿意不愿意，这就是你们该做的事。"

雷德菲尔德上校后来在一条小巷里被找到了，赤身裸体，说话颠三倒四，不过倒没有受伤。

小亚历山大事后连话都不想说了，到那天下午吃圣诞节晚餐要他做祷告的时候，他发现自己说话已无法成声，口吃得更加厉害，什么话都说不出了。

他从此以后不再进工厂的大门。他成了克利夫兰著名的艺术品收藏家、克利夫兰美术博物馆的主要捐献者，这表明麦科恩家对金钱与权势有兴趣并不仅仅是为了金钱与权势本身而已。

亚历山大后半辈子口吃十分厉害，因此很少踏出他在欧几里得大道宅邸的大门。在口吃恶化前一个月，他娶了洛克菲勒家的一位小姐。否则的话，就像他自己后来说的，他大概一辈子也不会结婚的。

他有一个女儿，因为他口吃，觉得无脸见人，他的太太也是如此。大屠杀以后他只交了一个朋友，那是一个小孩子，是他的厨娘和司机的儿子。

这位亿万富翁需要有个人陪他一天下几小时的棋。因此他先用简单的棋局——这些棋局叫"心""老姑娘""将军""多米诺"，等等——把那孩子引上了钩。但他也教那孩子下真正的象棋。不久之后，他们就只下象棋了。他们的交谈只限于下象棋时一般的逗乐取笑的话，这种话千年以来都是如此，不曾变过。

例如："你玩过这棋没有？""真的吗？""让我一个皇后。""这是什么鬼主意？"

这个孩子就是沃尔特·F. 斯塔巴克。他之所以愿意把自己的童年和少年时期这样违背天性地消耗掉，是因为亚历山大·汉密尔顿·麦科恩答应将来送他上哈佛大学。

库尔特·冯内古特

要帮助为我而哭的软弱的人，要帮助被法办的人和受害者，因为他们是你的好朋友；你父亲和巴托洛为了所有贫穷的工人能够享受自由的乐趣，曾经战斗过，终于倒了下去。他们像你父亲和巴托洛一样，也战斗过，然后倒了下去。在这场关于生死的斗争中，你会发现更多的爱并得到别人的爱。

——尼古拉·萨科（1891—1927）

上文摘自1927年8月18日在马萨诸塞州波士顿市查理斯顿监狱受刑前三天，萨科致他十三岁儿子但丁的最后一封信。"巴托洛"即巴托洛米奥·万泽蒂（1888—1927），他于同天晚上在同一把电椅上死去，那把电椅是个牙医的发明创造。死去的还有一个甚至更加为人所遗忘的人：塞莱斯蒂诺·马德罗斯（1894—1927）。尽管他对另外一起谋杀案的判决正在上诉，他还是供认了判定萨科和万泽蒂有罪的事是他干的。马德罗斯是个恶名昭著的罪犯，不过临终时的表现倒并不自私。

1

　　日子还是得过下去，是啊——不过一个傻子却很快就要同他的自尊心分手了，也许到世界末日他们也不会再碰头。

　　请读者注意，在我这本书中，年代和人物一样，都是书中的角色。这本书是我活到现在为止所经历的故事。一九二九年毁了美国的经济；一九三一年送我上了哈佛大学；一九三八年让我谋得了联邦政府的第一个差事；一九四六年让我娶到了妻子；一九四六年也给我生了一个不肖的儿子；一九五三年把我从联邦政府中开除了。

　　因此我把年代用大写[1]，好像它们是人名一样。

　　一九七〇年给我在尼克松政府的白宫中谋到了一个差事；一九七五年因为我在统称"水门事件"这一美国政治丑闻中的一份十分荒唐的贡献，而把我送进了监狱。

　　三年前，我写道，一九七七年又把我从监狱里放出去。我觉

1　原文中这一部分的年代均为大写字母。

得自己就像垃圾一样。我当时穿的是一身深绿褐色的囚服。我独自坐在监狱里的床上，床上的铺盖已给我收了起来。一条毯子、两条床单、一只枕头套，都整整齐齐地叠好，放在我的双膝上，就要同我身上的囚服一起退还给我国政府。我的满布老年斑的双手握在一起，按在上面。我的双眼呆呆地瞪着前面的墙，那是离佐治亚州亚特兰大市三十五英里远的芬莱特空军基地边上，"联邦最低限度安保措施成人改造所"的一所营房的二楼。我坐在那里等一个看守来把我带到行政楼去，领取释放证和便服。大门外不会有人来接我。世界上没有一个地方会有人既往不咎，拥抱我一下，或者请我吃一顿饭，给我一张床睡一两个晚上。

要是这时有人注意我，他会发现我每隔五分钟就会做一件非常神秘的事。我脸部漠然的表情不变，从床单上举起双手来，连拍三下，又放下去。为什么这样，我以后再解释。

那一天是四月二十一日，上午九点钟。看守晚来了一小时。有一架战斗机从附近一条跑道的尽头凌空而起，在空中呼啸而过，耗掉的能量足够一百户人家用一千年。我连眼也不眨一下。这种事情，对芬莱特的老犯人和看守来说，已是家常便饭，不足为奇。

这里的犯人犯的都是不涉及暴力的"白领罪"，大多数被装在紫色的大轿车里，带到基地周围去干活儿了，只留下少数打扫卫生的人员，擦玻璃、拖地板。还有少数留下的人在写信，或者读书、打瞌睡——他们都有病，一般是心脏病或背痛腰酸之类，不能干什么体力活儿。要是在平日，我这时就会在基地医院的洗衣房里，把衣服放到洗衣机里去。就像他们说的那样，我的身体很好。

　　我在监牢里有没有因为是哈佛大学毕业生而受到特殊照顾？老实说，从哈佛大学毕业并没有什么稀罕的。我在这里遇到过或听到过的哈佛大学毕业生至少有七个。待会儿我一走，我的床就会由弗吉尔·格雷特豪斯占了，这位前任卫生、教育和福利部部长也是哈佛大学出身。在芬莱特，按教育水平来排队，我还是很靠后的，只有个微不足道的学士学位。我连PBK[1]会员都不是。我们这里至少有二十个PBK会员、十个医生、与医生同样数目的牙医，还有一个兽医、一个神学博士、一个经济学博士、一个化学博士，被取消律师资格的律师更是不可胜数。律师多得已司空见惯，因此每逢有新人来到，我们就有这样一句玩笑话："要是你发现自己在同一个没有上过法学院的人说话，你就得小心——他不是监狱长就是看守。"

　　我自己微不足道的学士学位是文科方面的，偏重历史和经济。我进哈佛大学时本打算将来做公务员，即政府雇员，而不是民选官员。我认为在一个民主的国家里，没有比终身在政府中服务更高尚的职业了。由于我不知道政府的哪一个部门会录用我，是国务院、印第安人事务局还是别的什么部门，因此我必须力求知识渊博，到处适用。因此我得了一个文科学士学位。

　　现在说起来好像这是我自己的打算、我自己的想法，而在那

1　指Phi Beta Kappa协会，美国历史上久负盛名的学术荣誉协会，于1776年12月5日成立，是全美第一个由希腊字母命名的学会，也是最早的大学兄弟会之一。自成立以来，已有多位美国总统、美国联邦最高法院法官和诺贝尔奖获得者成为其会员。协会口号是"智慧是人生的向导"，"Phi Beta Kappa"是这句希腊语的首字母读音。

个时候，我世事未更，什么都不懂，当然很乐意把一个年纪大得多的人的打算和想法当作自己的打算和想法。这个人是克利夫兰的一个亿万富翁，名叫亚历山大·汉密尔顿·麦科恩，是哈佛大学一八九四届校友。他是丹尼尔·麦科恩那个隐居遁世、说话口吃的儿子，而丹尼尔·麦科恩则是一个精明强悍的苏格兰工程师兼冶炼家，他创办了凯霍加桥梁与钢铁公司。我出生的时候，那家公司是克利夫兰地区最大的雇主。弹指之间，恍如隔世，真无法想象我是在一九一三年出生的！要是今天的年轻人听我一本正经地说，那时候俄亥俄州的天空常常因翼手龙飞啸而过而被遮得昏暗无比，或者体重四十吨的雷龙在凯霍加河的淤泥中打滚儿，会不会有人表示怀疑呢？我想不会。

我在亚历山大·汉密尔顿·麦科恩的欧几里得大道宅邸中出世的那一年，他已四十一岁。他娶了洛克菲勒家的小姐爱丽丝为妻。她比他还有钱，大部分时间带着他们的独生女克拉拉在欧洲度日。母女两人无疑是因为麦科恩先生的结巴而感到见不得人，也许还因为他一辈子除了整天读书别的什么也不想干而感到更加痛心，因此很少回家。那时候离婚是不可想象的事。

克拉拉——你仍在人世吗？她恨我。过去和现在都有人恨我。

人生就是这样。

我同麦科恩先生有什么关系，竟会生在他的没有欢乐气氛、静如死水的宅邸中呢？原来我母亲是他的厨娘，她生在立陶宛，名叫安娜·凯里斯。我父亲是他的保镖兼司机，他生在波兰，名叫斯坦尼斯拉夫·斯坦凯维奇。他们两人真心实意地敬爱他。

麦科恩先生把马车房的二楼给了他们，也给了我一套很漂亮的住房。我长大一些后，就成了他的玩伴，不过总是在室内。他教我玩"心""老姑娘""将军""多米诺"，还有真正的象棋。没过多久，我们就只下象棋了。他下得并不好。我几乎盘盘都赢他，很可能他偷偷地喝酒喝醉了。我觉得他从来没有花心思想赢我。反正，从很早开始，他就告诉我，告诉我父母，我是个天才——我当然不是——他要送我去上哈佛大学。这些年来，他对我父母一定已说过千万遍了："你们总有一天会发现，自己是一个哈佛大学毕业的上等人的父母，你们要为他感到骄傲。"

为此目的，大约在我十岁的时候，他让我们家把斯坦凯维奇这个姓改为斯塔巴克。他说，如果我用盎格鲁–撒克逊人的姓氏，我在哈佛大学就会得到器重。因此我的名字改成了沃尔特·F. 斯塔巴克。

他本人在哈佛大学读书时成绩并不佳，勉强才混毕业。他在社会上也为人所瞧不起，不仅是因为他口吃，还因为他是个为富不仁的移民的儿子。他有一切理由痛恨哈佛大学，但是这么多年来，我看着他那么寄情、那么美化、那么崇拜那地方。到了我上高中的时候，他已认为哈佛大学的教授是世上有史以来最有智慧的人。他认为只要美国政府中的所有高级职位都由哈佛大学出身的人来担任，美国就能成为天堂。

结果是，我以年轻有为之身参加富兰克林·德拉诺·罗斯福政府的农业部工作的时候，政府已有越来越多的职位由哈佛大学出身的人来担任了。当时在我看来，这似乎是完全合理的。但如今我却觉得有些滑稽可笑了。就像我说的那样，甚至在监狱里，哈佛大学出身的人也没有什么特别稀罕的地方。

我当学生的时候，自以为将来毕了业，一定比一般人能够更好地向头脑迟钝的人解释重要的事情。结果情况并不是这样。

于是我就在一九七七年坐在监狱里等候看守前来。我对他晚来了一小时并没有觉得不高兴。我并不急于要到什么地方去，而且也没有什么具体地方可去。看守的名字叫克莱德·卡特。我在狱中交了少数几个朋友，他是其中之一。我们的主要一致之处是，我们都参加了芝加哥一家"文凭工厂"的函授调酒课程，那家文凭工厂叫伊利诺伊州函授学校，属于拉姆杰克公司的一家分公司。在同一天发给班级中所有学生的同一封邮件中，我们都得到了调酒学博士的学位。这时克莱德已超过了我，因为他还参加了该校的空调课程。克莱德是美国总统吉米·卡特的远房兄弟。他大约比总统年轻五岁，除此之外，与总统长得一模一样，学总统学得惟妙惟肖；他的态度同样彬彬有礼，笑容同样欣然可掬。

有个调酒学的学位，我已心满意足。这就是我在今后要做的事：在什么地方的一个安静的酒吧间工作，最好是在一家上等人的俱乐部里。

我从叠好的床单上举起我苍老的双手，连拍了三下。

又有一架战斗机从附近一条跑道尽头凌空而起，在空中呼啸而过。我这么想：至少我已不再抽烟了。这是实话。我过去一天要抽四盒没有过滤嘴的派尔·马尔牌香烟，如今我已不再是尼古丁大王的奴隶了。不久就有物证来提醒我，过去我抽烟抽得多凶：在库房里等待我认领的那套灰色条纹的布鲁克斯兄弟牌西装三件套上尽是烟烧的窟窿。我记得裤子胯部的窟窿竟有硬币大小。报上有一张照片，拍的是我坐在联邦法警的绿色轿车的后座上，那是我被判监禁以后马上拍的，目的是要让人看到我是多么羞惭，面容憔悴，怕得要死，抬不起头来。事实上这是一张一个刚刚把裤子烧了一个窟窿的人的照片。

我如今想起了萨科和万泽蒂。年轻的时候，我以为他们受害牺牲的事会引起全世界的关注，大家普遍坚决地要求公正对待普通老百姓。他们是何许人也，如今还有谁知道，谁关心？

没有人。

我想到了凯霍加大屠杀，这是美国劳工史上劳资双方流血最多的一次交锋。它发生在克利夫兰，一八九四年的圣诞节早晨，凯霍加桥梁与钢铁公司的大门前，早在我出生之前。发生这件事的时候，我的父母还是苏联版图内的孩童。但把我送去上哈佛大学的人，那位亚历山大·汉密尔顿·麦科恩却随同他的父兄站在工厂钟楼上瞭望，就是从那时起，他从一个小结巴变成一个大结巴，只要有一点儿急事，就结结巴巴地什么话都说不出来了。

这里附带提一笔，凯霍加桥梁与钢铁公司除了在劳工史上留有名字，早就不复存在了。第二次世界大战后，它被杨斯顿钢铁公司兼并，而杨斯顿钢铁公司如今也不过是拉姆杰克公司的一家分公司而已。

要心平气和。

是啊，于是我从叠好的床单上举起苍老的手，连拍三下。尽管有些愚蠢可笑，但这是这么一回事：这三下拍手是我从来不喜欢的一首粗鄙的歌的结尾，我已有三十多年没有想起这首歌了。你瞧，我当时想尽量使我的脑袋保持一片空白，什么也不去想，因为过去的经历十分丢人，而未来的前途又不堪设想。我多年以来结了这么多的怨仇，我甚至怀疑我能否在什么地方找到一个酒吧的差事。我心里想，我只会越来越蓬头垢面、衣衫褴褛，因为我没有什么收入。我最后会在穷巷之中潦倒，借酒浇愁驱寒，尽管我从来不爱喝酒。

我想最糟糕的事莫过于，我在比方说纽约市鲍里街[1]的一条小巷里熟睡，嫌恶糟老头儿的少年犯会提一桶汽油过来，浇我一身，然后划火柴点燃。我想最糟糕的事莫过于眼珠被烈焰烧枯。

怪不得我盼望脑袋里一片空白！

但是我只能断断续续地保持思想的空白。坐在床上的大部分时间里，我只好满足于勉强达到心平气和的状态，那就是尽想些不会让我担心害怕的事——萨科和万泽蒂啦，凯霍加大屠杀啦，同亚历山大·汉密尔顿·麦科恩老头儿下棋啦，等等。

完全的空白一片，即使能够做到，也只能持续十秒钟左右——接着就被那首歌破坏，那是一个外来的声音在我脑海中清晰地高声歌唱的，结尾处需要我击掌三下。我进哈佛大学第一年在一次男性酒会上第一次听到这首歌时，就觉得歌词粗鄙，很是反感。这是一首女人听不得的歌。如今过了这么多年，这首歌很可能还没被一个女人听到过。歌词作者的目的显然是要唱这歌的男子感情粗野起来，使他们永远不会再像我们大多数人当时衷心相信的那样，以为

1　酒鬼、穷困潦倒之人出没之地。

女人比男人更关注精神、更加圣洁。

我仍旧相信女人是那样的。这也是愚蠢可笑的吗？我一辈子只爱过四个女人——我母亲、我死去的妻子、一个曾经订过婚的女人，还有另外一个女人。我以后会一一介绍她们。现在就说这么一点：这四个女人都比我更有美德，面对生活更加勇敢，对宇宙的奥秘更加了解。

不管怎样，我现在都要把那首让人恶心的歌的歌词写下来。尽管由于我近年来在政府机构中所占据的高位，从技术上来说，一些描写女人的最粗鄙下流的书籍的出版，责任在我，但是现在要把这歌词写在纸上，我仍有所顾忌，也许这歌词从来没有被写在纸上过。至于曲子，那倒是支老曲子，也就是我称之为"鲁宾，鲁宾"的老曲子；毫无疑问，它还有不少别的名字。

读者也必须明白，我听到唱这歌的人不是中年粗人，而是大学生，其实他们还都是些孩子。他们当时正逢大萧条，后来又遭遇第二次世界大战，大多数人还因自己仍是童身而有苦难言，因此完全有理由为当时的女人对他们的要求而感到发怵。当时的女人要他们毕业以后能赚大钱，而他们却觉得这根本办不到，因为当时到处是企业倒闭破产。当时的女人要他们当兵勇敢，而他们却很有可能在炸弹呼啸、子弹横飞的时候，吓得灵魂出窍。在炸弹呼啸、子弹横飞的时候，谁能完全镇定自若、不出洋相呢？何况还有火焰喷射器和毒气。子弹可是不认人的。你身旁的那个人很可能脑袋开花，喉头血如泉涌。

而女人嫁给你当妻子以后，仍希望你是个十全十美的恋人，甚至希望你在新婚之夜又会哄人，又能体贴；又会放荡，又懂体面，能够惹得她心痒痒；对两性的生殖器官了如指掌，好像你是哈佛大学医学院毕业的。

我记得当时一本杂志上曾发表过一篇大胆的文章。它谈到美国各行各业的男子的性交频率：救火员性欲最旺，一星期十次；大学教授最清心寡欲，一个月才一次。我的一个同学，后来在第二次世界大战时真的阵亡了，当时我悲哀地摇摇头说："天哪，我愿付出任何代价做大学教授。"

因此，那首令人吃惊的歌其实很可能是对女性力量的一种歌颂，是对她们引起的恐惧的一种应付办法，人们完全可以把它比作猎狮人在猎狮前夜调侃狮子唱的歌。

歌词是这样的：

> 萨莉在花园里
>
> 筛着炉渣，
>
> 跷起了大腿
>
> 像男人般放个响屁。
>
> 响屁的劲儿
>
> 崩破了裤子。
>
> 两瓣娇嫩的屁股——

唱到此处为了收尾，唱歌者要击掌三下。

2

　　我在尼克松政府的白宫里的官衔，也就是我因挪用公款、做伪证、妨碍司法公正而被捕时所担任的职务——总统青年事务特别顾问。我的薪水是每年三万六千美元。我在行政大楼的地下室夹层有一间办公室，不过没有秘书，这间办公室正好在他们为尼克松总统策划入室盗窃和其他罪行[1]的办公室下面。我可以听到头顶上有人在走动，有时还有人在高声说话。在我自己的这一层，我仅有的同伴是取暖和空调设备，还有一台我想只有我一个人才知道的可口可乐机。我是唯一光顾这台机器的人。

　　是啊，我成天阅读大学和中学出版的报纸杂志，还有《滚石》和《爬行报》这两份刊物，以及所有自称代表青年说话的东西。我把流行歌曲中的政治性的话分门别类。我想我之所以能够担任这一职务，主要是因为我在哈佛大学时代也曾经是个激进派，那是从

1　指水门事件。

三年级开始的。我那时不是共产主义青年团哈佛大学支部的联合主席，却是每周发行的激进报纸《海湾州进步报》的联合主编。换言之，我是一个公开而且自豪的正式共产党员，一直到希特勒和斯大林在一九三九年签订《苏德互不侵犯条约》为止。这使我觉得天堂和地狱结成了联盟来共同对付世界上软弱可欺的各国人民。从此以后，我又成了对资本主义民主制度半信半疑的拥护者。

在我们这个国家里，有一阵子做共产党员是完全允许的，因此我做共产党员并不妨碍我在哈佛大学毕业后得到罗德奖学金，到牛津大学去进修．在此以后还在罗斯福政府的农业部里谋得一个职位。毕竟，在大萧条时期，特别是在另一场争夺资源和市场的大战就要发生时，一个年轻人相信，不论男女，不论有病无病，不论年轻年老，不论胆大胆小，不论有才无才，人人都应有机会尽力工作，按照他或她的简单需要得到报酬，这究竟有什么不对，要引起人们如此反感呢？只要世界各地的老百姓掌握了全世界的财富，解散了他们各自国家的军队，取消了他们的国界，只要他们从此以后互相以兄弟姐妹相待，甚至以父母子女相待，全世界各地的老百姓都这样，战争就永远不会再来。在这博爱慈善的社会中，唯一被排斥的人，就是不论在什么时候都想得到比自己实际需要更多的财富的人。要是我有这样的看法，又怎能把我当作精神有毛病的人呢？

即使时至今∃，我已到了悔恨莫及的六十六岁高龄，如果遇到有人仍认为将来总有一天地球上会出现大同世界——天下一家——我仍感到满腔的同情。如果我今天遇到一九三三年的我，我会对他表示同情，却对他佩服得五体投地。

因此在尼克松政府的白宫里，我的理想主义也一点儿没有消失，即使在监牢里也一点儿没有消失，甚至在我最近的一个职位——拉姆杰克公司的乡村乐唱片部执行副总裁——上也一点儿没有消失。

我仍认为和平、富裕、幸福总是能够想办法实现的。我是一个傻瓜。

我在一九七〇年到一九七五年间担任理查德·M.尼克松的总统青年事务特别顾问，一天抽四盒没有过滤嘴的派尔·马尔牌香烟的时候，没有人向我要过什么事实、意见，或者什么材料。我甚至用不着去上班，我满可以把时间花在帮助我可怜的妻子的室内装饰小生意上，她以我们在马里兰州切维蔡斯的砖砌小平房的家为办事处。在我地下室夹层的办公室里，金黄色墙纸都被香烟熏黑了。来看过我的唯一客人是总统的"特别窃贼"，他们的办公室就在我的头顶上。有一天我咳嗽发作，他们这才发现有人就在他们脚下，还可能会听到他们的谈话。他们进行了试验，一个在楼上大声叫喊、跺脚，另一个在我办公室里听着。他们终于相信我什么也没有听到，不管怎么样，我反正是个不碍事的老笨蛋。在上面叫喊、跺脚的那个，原先是中央情报局的特务、间谍小说作家、布朗大学的毕业生；在下面听的那个，是前联邦调查局的工作人员，曾经担任过地方检察官，是福特汉姆大学毕业生；至于我自己，我已说过，是哈佛大学出身的。

而这里哈佛大学出身的完全明白，他写的不管什么东西，不会有人看一眼，就同白宫的其他文件一样，被撕成细条，捆扎成包，做废纸处理。但我仍旧就青年的言行写了二百多份电报，还附了脚注、参考书目、附录等等，应有尽有。但是在我写的材料中，结论多年来很少变化，我完全可以每星期将同一份电报发到虚空中去。这份电报可以这么写：

> 年轻人仍不愿正视世界裁军与经济平等，显系根本不可能之事。此或因《圣经·新约》之故（请参阅《圣经·新约》）。

总统青年事务特别顾问

沃尔特·F. 斯塔巴克

每天在地下室夹层做完无益的劳动以后，我就回家去找我这辈子娶过的唯一妻子，就是露丝。她在我们位于马里兰州切维蔡斯的砖砌小平房里等我回家。她是犹太人，而我却不是。因此我们的独生子有一半的犹太血统，他如今是《纽约时报》的书评家。他娶了一个夜总会黑人歌手，她带来了前夫的两个孩子，于是家里的种族和宗教问题就更复杂了。因为她那个前夫是波多黎各血统的夜总会滑稽演员，名叫杰里·查查·里韦拉。有一次拉姆杰克公司在好莱坞的洗车场遭盗劫，他在旁看热闹，结果无缘无故地中了流弹而死亡。我的儿子把他的孩子过继过来，因此从法律上来说，他们就是我的孙辈，我仅有的孙辈。

日子照样过下去。

这两个孩子的祖母——我已过世的妻子露丝——生于维也

纳。她家在那里经营一家珍本书店——那是在纳粹分子把书店强占去以前。她比我小六岁。她的父母和两个兄妹在集中营遭到杀害。她自己被一家基督教徒藏了起来，后来在一九四二年被查获，同那一家的家长一起被逮走。因此她本人在战争的最后两年被关在慕尼黑附近的一个集中营里，最后被美军解放。她后来于一九七四年在熟睡中死去，病因是心力衰竭，那是我被逮捕的前两个星期。不论我到哪儿去，不论如何狼狈，我的好露丝总是跟着一起去。如果我对此稍有钦佩的表示，她就会说："我还能到哪儿去？我还能干什么？"

比方说，她可以当个出色的翻译家。她对外语能应付自如，我就不行。第二次世界大战后我在德国待了四年，但却没有学会德语。而欧洲各国的语言，露丝无一不会，至少都能说一点儿。她在集中营里等死的时候，就请别的被囚禁的人教她原先不会的一种外语，以此作为消磨时间的办法。这样她就精通了吉卜赛人的罗曼尼语，甚至学会了巴斯克语的一些歌词。她也可以当个肖像画家。那是她在集中营里干的另外一件事：用手指蘸上灯上的烟油，把逝去的人的肖像画在墙上。她也可能成为有名的摄影家。她十六岁那一年，也就是德国吞并奥地利的前三年，她在维也纳拍了上百个乞丐的照片，这些乞丐都是在第一次世界大战中受伤致残的老兵。这些照片出了集子，我最近还在纽约现代艺术博物馆发现了一本，这使我又伤心又惊异。她也很可能成为钢琴家，而我则五音不辨。我甚至不能跟着琴键唱《萨莉在花园里》。

我什么都不如露丝，你可以这么说。

到了二十世纪五十年代和六十年代，我开始不走运了。尽管我在政府中担任过种种高级职务，尽管我认识不少重要人物，却到哪儿也找不到一个体面的差事，这时全靠露丝把我们从切维蔡斯受人冷落的小家庭救了出来。她开始碰了两次钉子，情绪很消沉，但后来说起这两次失败时她却笑得眼泪都流出来了。她第一次碰钉子是到一家鸡尾酒酒吧间去弹钢琴。老板不要她，说她弹得太好了，他酒吧间里的那种顾客"欣赏不了高雅的情趣"。她第二次碰钉子是给人家拍结婚照。照片总是有一种战前的阴暗气氛，怎么修版都消不掉，好像整个婚礼宴会要在战壕中或者毒气室中慢慢地收场似的。

可是后来她当室内装饰家却成功了，她用水彩画来招揽顾客，为他们装饰房间。我当了她的笨手笨脚的助手，给她挂窗帘，靠在墙边举起墙纸的样片，给她接顾客的电话、跑腿、取货、送货等等。有一次我把价值一千一百美元的蓝色天鹅绒窗帘烧了。怪不得我的儿子从来不尊重我。

他哪儿有机会尊重我呢？

我的天——他的母亲这么操劳，努力供养这个家庭，省吃俭用，勤俭度日。可是他的那个失业在家的父亲，却总是不争气，碍手碍脚，成事不足，败事有余，最后为了抽支烟，把价值一大笔钱的窗帘付之一炬！

哈佛大学的教育真是好！做哈佛大学出身的人的儿子真光荣！

这里插一句，露丝身材娇小，皮肤黝黑，颧骨很高，双目深陷，一头乌黑的直头发。我第一次见到她是在德国纽伦堡，那是在一九四五年八月底，她穿着肥大的军用工作服，我还以为她是个吉卜赛少年。我当时是国防部的文职人员，三十二岁，以前没有结过婚。我在第二次世界大战时期一直是文职人员，但掌握的实权比陆海军将领还大。当时我在纽伦堡第一次看到战争所造成的破坏，不禁大吃一惊。我是被派去监管美、英、法、俄四国的战争罪行审判代表团的膳食和住宿问题的。我在此之前曾在美国各休养地为美国士兵设立休养中心，因此对酒店的业务稍懂一些。

在吃、喝、住方面来说，我对德国人可以说是个独裁者。我的公务用车是一辆白色的奔驰牌旅行车，这是一种四门敞篷车，前座有挡风玻璃，后座也有挡风玻璃。它还有个警笛，前挡板两头都有小插座，可插国旗。我当然插上了美国国旗。这汽车一定是年轻人梦寐以求的东西，它是集中营创始人海因里希·希姆莱在当初不可一世的时候送给他妻子的纪念礼物。我不论上哪儿去，都有一个带了武器的司机。读者可别忘了，我父亲就当过百万富翁的带了武器的司机。

八月间的一天下午，我坐车经过纽伦堡的主街柯尼希大街。战争罪行法庭原来在柏林开庭，如今要搬到纽伦堡来，只待我把一切准备妥当。大街上仍到处是瓦砾，正在由德军战俘清除，他们是在美国黑人军事警察目光炯炯的监视下干活儿的。当时美军仍实行种族隔离政策，每一支部队不是全黑人就是全白人。不过军官除外，不管什么部队，军官一般都是白人。我不记得我对这种安排感到过不对头。我对黑人一无所知。克利夫兰的麦科恩家的宅邸里没有黑人佣仆，我上学的学校里也没有黑人，甚至在我当共产党员的时候也没有同黑人交过朋友。

在柯尼希大街有个圣玛莎教堂，屋顶已被燃烧弹烧掉。在教堂附近，我的奔驰牌汽车开到检查岗前停了下来。站岗的是个美国白人军事警察。如今文明生活既已开始恢复，他们的责任就是检查有没有可疑的人：不论哪一国军队——包括美国军队——的逃兵啦，还没有查获归案的战犯啦，趁战火逼近无人顾及而逍遥在外的疯子和普通罪犯啦，投降了德军或者被德军俘获的苏联公民啦——他们如果回国去，肯定就会被关进监狱或者被杀掉。不过不管怎么样，凡是俄国人都得回俄国去，波兰人得回波兰去，匈牙利人得回匈牙利去，爱沙尼亚人得回爱沙尼亚去，等等。不管怎么样，反正都得回自己的国家去。

我当时很想知道军事警察用的是哪一种译员，因为我找不到合适的人为我工作。我特别需要精通三种语言的人，除英语和德语两种外，还需擅长法语或者俄语。这个人还必须诚实可靠，文雅有礼。因此我下了车，走近去看一眼他们是怎样进行查问的。使我意想不到的是，查问工作是由一个看上去像吉卜赛人的少年进行的。不用说，这就是露丝。她的头发在除虱站被剪去了。她身上穿的是军用工作服，没有部队番号的标志或军阶的肩章。她想方设法企图让被军事警察押到她面前的一个衣衫褴褛的人听懂她的话，哪怕是对方眼睛突然一亮也好。看她说话，真有意思。她恐怕已经换了七八种语言，就像音乐师变换速度和琴键似的那么从容自如；不仅如此，她还变更姿势，因此她的手总是跟着不同的语言跳不同的舞。

　　突然之间，那个人的手也像她那样舞动起来了，他嘴里发出了与她同样的声音。后来露丝告诉我，那个人是南斯拉夫南部来的马其顿族农民。他们找到的共同语言是保加利亚语。他尽管没有当过兵，还是被德军抓来了，作为奴隶劳工被派去加固齐格菲防线[1]。他一直没有学会德语。他告诉露丝，如今他要到美国去做富翁了。我估计他后来被遣送回马其顿了。

　　当时露丝二十六岁，可是由于七年来吃得不好——光吃土豆和萝卜——瘦得像根火柴棍似的，分不清是男是女。后来我才弄清楚，她才比我早一小时到这路障处，是军事警察临时请她当翻译的。我问军事警察的一个上士，估计她有多大，他猜测十五岁。他以为她是个还没有变声的男孩子。

　　我把她请到我的汽车后座，问她详细情况。这才知道她那年春天刚从集中营里放出来——才只四个月——出来以后她就一直想方设法躲开一些原本可以帮助她的机构。她本可以住在难民医院里。可是她不想再把自己的命运交托给别人了。她打算永远孤身在外露天流浪，漫无目的，这是一种宗教一样的病态的快乐。"没有人再碰我，"她说，"我也不再碰别人。我就像在空中自由飞翔的鸟儿。这样真美。只有上帝——和我。"

　　我当时对她是这样想的：她像《哈姆雷特》里温顺的奥菲莉亚，由于生活太残酷，她无法忍受，就癫狂起来。我手头有一本

1　纳粹德国在第二次世界大战开始前，在其西部边境地区构筑的对抗法国马其诺防线的筑垒体系。德国人称之为"西墙""齐格菲阵地"，其他国家多称其为"齐格菲防线"。

《哈姆雷特》，为了重温一下我的记忆，就翻到奥菲莉亚在人家问候她而她不再能做出明白反应时所唱的莫名其妙的歌。

这首歌是这样的：

> 我怎么能分辨
>
> 你的真正的爱情
>
> 与别人的不同？
>
> 看他的朝圣帽和权杖，
>
> 还有他的靴鞋。
>
> 他已经死了，太太，
>
> 他已经死了：
>
> 他的头上是长青草的土堆，
>
> 他的脚边是一块石头——

如此等等。

露丝，第二次世界大战后出现的千百万个奥菲莉亚之一，在我的汽车里昏过去了。

我把她送到设在纽伦堡城堡（皇帝堡）的有二十张病床的医院，当时这家专门为战争罪行审判的有关人员开设的医院还没有正式开张。院长是我在哈佛大学的同届同学，本·夏皮罗医生，他在学生时代是共产党员。他如今是有陆军中校军衔的军医。在我上学的时代，哈佛大学里犹太学生的人数并不多。当时有严格的限额，规定每年招收多少名犹太人，名额很少。

"你把什么东西送来了，沃尔特？"他在纽伦堡对我说，我当时手中抱着失去知觉的露丝，她轻得像条手绢。"是个姑娘，"我说，"她还有一口气。她能说好几国语言。她昏过去了。我知道的就只有这些。"

他手下的人——护士、厨子、技术人员等——正闲着，还有陆军向他提供最好的食品和药物，因为日后会有高级人士来看病。于是露丝不花一分钱就得到了地球上最优等的医疗救助。为什么？我想主要是因为夏皮罗和我都是哈佛大学出身。

大约一年以后，在一九四六年十月十五日，露丝做了我的妻子。战争罪行审判已经结束。我们结婚的那一天，大概也是露丝怀我们的独生子的那一天，帝国元帅赫尔曼·戈林骗过了绞刑手，吞了氰化物。

露丝像是换了一个人，这全靠维生素、矿泉水、蛋白质，当然还有无微不至的关怀和照顾。她在医院里住了才三个星期，就又是一个头脑健全、思维机智的维也纳知识分子了。我聘她当我的私人译员，到哪里都带着她。通过另外一个哈佛大学的熟人，威斯巴登[1]后勤军需署的一个手脚不干净的上校——我敢肯定地说，他是个黑市商人——我为她搞到了全套的行头，奇怪的是没有人要我付一分钱。羊毛制品来自苏格兰，布料来自埃及，丝绸我想一定来自中国，皮鞋是法国货——战前的产品，我记得有一双是鳄鱼皮的，还配有一只手提包。这些货色都是无法计价的，因为多年以

1　德国中西部城市。

来，欧洲或者北美没有一家商店能供应这样的好货了。而且，皮鞋的尺寸正好是露丝的尺寸。这些黑市珍品是用加拿大皇家空军油印蜡纸盒装起来送到我的办公室的，由两个一言不发的年轻男子驾驶一辆前德军救护车送来。露丝推测其中一个是比利时人，另一个和我母亲一样是立陶宛人。

我接受这些东西自然是我身为公仆的一次最严重的贪污行为，也是我唯一的一次贪污行为——直到水门事件之前。我做这件事是出于爱情的缘故。

露丝一出院就为我工作，我开始向她求爱。她的回答有点儿奇怪和好笑，又一针见血——但最主要是带有悲观色彩。她认为，而且我得承认她完全有权利认为，人性皆恶，不论是施苦刑的人还是受苦刑的人，或是旁观看热闹的人。她说，他们只会制造没有必要的悲剧，因为他们智力低下，不足以完成他们本意要做的好事。她说，我们人类是一种疾病，虽然患及的只是宇宙中的一星一点，但能够逐步蔓延。

"你怎么能向这么一个女人求爱呢？"她在我追求她的初期就问我，"这个女人认为最好是大家都不再生孩子，最好是人类不再继续存在！"

"因为我知道你并不是真正相信这一套，"我答道，"露丝——你瞧一瞧自己，多么地生气勃勃！"这是实话。她的一举一动、一言一笑无不带有——至少是偶然的——挑逗的意味，除了说明人必须活下去，活下去，活下去，挑逗还有什么意义呢？

她是多么地讨人喜欢啊！不错，工作顺利的功劳归了我。我得到了本国政府的杰出服务勋章，法国授予我荣誉骑士勋位，英国和苏联都写了表扬信和感谢信给我。但是一切奇迹都是露丝带来的，不管出了什么差错，她总是能使每一个客人都乐意原谅我们。

"你既然这么嫌恶生活，怎么可能仍旧这样生气勃勃呢？"我问她。

"即使我想要孩子，我也不能生孩子，"她说，"这就是我这样生气勃勃的原因。"

在这一点上，她当然错了。她完全是猜测。她后来还是生了一个儿子，一个很不招人喜欢的人，我在前面已经说过，他如今是《纽约时报》的书评家。

那次同露丝在纽伦堡的谈话继续进行。我们是在圣玛莎教堂里，距当初命运把我们带到一起的地方不远。教堂当时还没有恢复开放。屋顶已经又安上了，但原来的圆形花窗用一块帆布代替了。看守教堂的老头儿告诉我们，窗户和祭坛都被英国战斗机的一颗炮弹炸掉了。从他一本正经的样子看来，这也是宗教的奇迹。我必须承认，我很少遇到一个德国男人对自己国家的这一切被毁坏感到伤心。不管造成破坏的是什么炸弹，他说的都不外乎是弹道学。

"生活不仅仅是生孩子而已，露丝。"我说。

"我要是生个孩子，这孩子一定是个妖魔鬼怪。"她说。这话后来倒应验了。

"别管孩子不孩子了，"我说，"想一想就要出现的新时代吧！人类终于，终于得到了教训。一万年来疯狂和贪婪的历史的最后一章，正在此时此地——在纽伦堡被写下来。将来还有人把它写成书，拍成电影。这是历史上最重要的转折点。"我相信这个。

"沃尔特，"她说，"有时候我想你只有八岁。"

"在新时代诞生的时候，"我说，"我只能是这个年岁。"

全城各处的钟都敲了六下。在这齐鸣的钟声中添了一个新钟声，其实这在纽伦堡是一个老钟声，不过露丝和我以前从来没有听到过。这就是在远处圣母教堂的那座叫曼林劳芬的古怪的钟发出的深沉的"当、当"声。那座钟是在四百多年前铸成的。我的祖先，不论是立陶宛的祖先还是波兰的祖先，当时大概正在抵抗伊凡雷帝[1]。

那座钟露在外面的部分有七个机器人，代表十四世纪的七个选帝侯。根据设计，他们围着第八个机器人，他是神圣罗马帝国的皇帝查理四世，场面是庆祝他在一三五六年被教廷排斥于德国的选帝侯之外。这座钟已被炸毁，在摆弄机器方面心灵手巧的一些美国兵，在占领本市以后就利用业余时间修理它。我遇到的德国人大部分意颓气丧，无心去顾及这座钟还走不走。但是它如今又开始走了。由于美国人的巧手，选帝侯又围住查理四世了。

"好吧，"钟声消失后露丝说，"你们这些只有八岁大的孩子在纽伦堡这里杀了恶魔，千万不要忘记把它埋葬在十字路口，在它的心房上插一根桩子，要不然下次月圆的时候你们又要见到它了……"

1　指第一位沙皇伊凡四世。

3

但是我不折不挠的乐观精神取得了上风。露丝终于同意与我结婚，让我有机会使她成为世界上最快活的女人，尽管她过去有过许多悲惨的经历。她还是个处女，我也几乎是个童男，尽管我那时已三十三岁，一般说来，我的半辈子已经过去了。

不过，当然啰，我在华盛顿的时候，每过一阵子就同这个或那个女人"做爱"——就像她们说的那样。那些女人里有一个陆军妇女队队员、一个海军护士、一个商务部速记打字员。但是我基本上是一个为战争服务的狂热的"僧侣"。像我这样的人不少。生活中没有别的东西能像战争那样夺去我们的全部精力和注意力。

我送给露丝的结婚礼物是我定制的一件木头雕刻，刻的是一双老人的手，合在一起做出祈祷的姿势。这是十六世纪画家阿尔布雷希特·丢勒[1]的一幅画的立体化作品，露丝和我在恋爱的日子里曾几

1　Albrecht Dürer，1471—1528，生于纽伦堡，德国画家、版画家及木版画设计家。文中所指的画是丢勒的《祈祷之手》，表达了爱与牺牲之意。

次到他位于纽伦堡的故居参观。就我所知，把画上的这双有名的手以立体形式表现是我的发明。不过从此以后这种复制品就成千上万了，到处都有，成了纪念品商店中千篇一律的表现宗教虔诚的礼品。

婚后不久，我就被调到德国法兰克福城外的威斯巴登工作，负责领导一队工程人员甄别缴获的堆积如山的德国文件，寻找对美国工业可能有用的发明创造、制作方法、工业秘密。尽管我不懂数理化，那也没关系，我当初到农业部去工作的时候也从来没有到过一个农场，甚至也没有在窗台上栽种过非洲紫罗兰。没有什么事情是人文主义者管不了的——这是当时普遍的看法。

我们的儿子是在威斯巴登剖宫生产的。我结婚时当伴郎的本·夏皮罗也调到了威斯巴登，孩子是他接生的。他刚刚被提升为上校。过不了几年，约瑟夫·R.麦卡锡就会发现这次晋升有问题，因为大家都知道夏皮罗在战前是共产党员。"是谁把夏皮罗调升到威斯巴登去的？"他会这么问。

我们把儿子取名为小沃尔特·F.斯塔巴克。我们做梦也没有想到这个名字后来在儿子看来就像小犹大·伊斯卡略[1]一样。他满二十一岁后就想通过法律来加以补救，改名为沃尔特·F.斯坦凯维奇，这个名字就登在《纽约时报》书评栏里。当然啰，斯坦凯维奇是我们已废弃不用的姓。我现在不免感到好笑，因为我想起了父亲有一次告诉我的一件关于他作为移民来到纽约埃利斯岛时的事情。有人告诉他，在美国人的耳朵听来，斯坦凯维奇有令人不愉快的含

1　出卖耶稣的叛徒。

意，他们会以为他身上发臭，哪怕他整天泡在浴缸里。

我在一九四九年带着我的小家庭回到美国，又到了华盛顿。我的乐观精神变成了砖块、灰泥、木头、铁钉。我们买下了我们这一辈子唯一的房子，就是在马里兰州切维蔡斯的那所小平房。露丝把丢勒的双手合十祈祷的木雕放在了壁炉架上。她说有两个原因使她只想买这所房子，不想买别的房子：一是它有个理想的地方放这个木雕双手；二是门前的道上有一棵盘根错节的老树。那是一棵开花的酸苹果树。

她笃信宗教吗？不信。她出身的家庭对一切正式的礼拜形式都采取怀疑的态度。希特勒把这种怀疑一切形式的思想体系称为犹太教，但他们犹太人自己不一定会这么叫。我有一次问她，她在集中营里有没有想过从宗教中寻找安慰。

"没有，"她说，"我知道上帝绝不会到这种地方来。纳粹分子也这么想。因此他们才那么肆无忌惮，为所欲为。这就是纳粹分子的力量。他们比谁都了解上帝，他们知道怎样让他不来这里。"

我如今仍在思考露丝有一年圣诞节前夕的祝酒词，那是在一九七四年左右。只有我一个人——小平房里唯一的人——听到她的话。我们的儿子连圣诞节贺卡都不给我们寄。她的祝酒词是这样的："这杯酒祝贺全能的上帝，全镇最懒的人。"我想，她在纽伦堡我遇到她的那一天也完全有可能会这么说。

这话可真厉害。

是啊——我的布满老年斑的双手就像丢勒画中的双手一样放在叠好的床单上，此时我坐在佐治亚州的监狱里，等待重获自由。

我如今成了个穷光蛋。

为了付钱进行徒劳的辩护，我倾家荡产，把银行存款、人寿保险、大众牌汽车、马里兰州切维蔡斯的砖砌小平房都搭进去了。

而我的律师说我还欠他们十二万六千美元。也许是的。什么事都是有可能的。

我也没有什么名气可以出售。我是水门事件阴谋策划者中年纪最大、名气最小的一个。我想，之所以无人对我感兴趣，是因为我没有什么权力或财产可以损失。别的阴谋策划者可以说是从教堂的尖顶上一落千丈，而我在被捕时已坐在井底的一张三脚凳上。他们拿我没有办法，只能把我的凳脚锯掉而已。

而且我甚至根本不在乎。我的妻子在他们把我带走前两个星期就已经死了，我的儿子根本不同我往来。但他们还是用手铐把我铐上了。这是规矩。

"叫什么名字？"给我登记的警长问我。

我对他很无礼。为什么不呢？"哈里·胡迪尼[1]。"我答道。

又一架战斗机从附近一条跑道尽头凌空而起，在空中呼啸而过。这是经常发生的事。

"至少我如今已戒了烟。"我想。

尼克松总统本人有一次曾经评论过我抽烟多么凶。那是我来为他工作后不久——一九七〇年。我被叫去开一个紧急会议，讨论俄亥俄州国民警卫队在肯特州立大学把四个反战示威者开枪打死的事。

---

1 20世纪美国著名魔术师，以从繁复的绳索、脚镣及手铐中脱困的表演而出名。

参加会议的大约有四十人，尼克松总统坐在一张椭圆形大桌子的上首，我坐在下首。这是二十年前他当上区区国会议员以来我第一次见到他本人。在这以前，他并不想见一见他的总统青年事务特别顾问；而在这以后，他永远不需要再见我了。

弗吉尔·格雷特豪斯也在那里，他是卫生、教育和福利部部长，据说是总统的密友之一。他后来在我服刑期满的那天开始服刑。副总统斯皮罗·T.阿格纽也在那里，他后来被指控受贿、逃税，他最终没有对这些罪名提出申辩。埃米尔·拉金也在那里，他是总统最心狠手辣的顾问、最令人畏惧的刽子手。后来检察官要判他妨碍司法公正罪和伪证罪时，他找到了耶稣基督做他个人的救星。亨利·基辛格[1]也在那里，他当时还没有建议在圣诞节那天对河内进行地毯式轰炸[2]。中央情报局局长理查德·M.赫尔姆斯也在那里。他后来因在国会宣誓说真话后仍旧说谎而受到斥责。H.R.霍尔德曼[3]、约翰·D.埃利希曼[4]、查尔斯·W.科尔森[5]、司法部

---

1 美国著名外交家，前国务卿。生于德国菲尔特，犹太人后裔。1938年移居美国，后加入美国国籍。同文中男主人公一样毕业于哈佛大学。
2 指美国为了快速结束越南战争，逼迫北越南签署和平协议，在1972年圣诞节前后（除圣诞节当天）对北越南首都河内所进行的大轰炸。此次大轰炸最终促成了越南共和国（南越）、美国、越南民主共和国（北越）及越南南方民族解放阵线（越共）四方在巴黎签署了《关于在越南结束战争、恢复和平的协定》（简称《巴黎协定》）。
3 美国白宫办公厅主任，美国第37任总统理查德·M.尼克松的幕僚参谋。1973年，在水门事件中被指控做伪证。
4 美国第37任总统理查德·M.尼克松的内政总统顾问兼助理，是导致水门事件的关键人物。
5 曾担任理查德·M.尼克松总统的特别顾问，被称为尼克松总统的"打手"，是尼克松政府第一位因水门事件相关指控而入狱的成员。

部长约翰·N.米切尔都在那里。他们后来也一个个地坐了牢。

我在头一天晚上通宵没睡觉，一遍又一遍地起草总统就肯特州立大学悲剧可能需要讲的话。我想，应该立即赦免那些国民警卫队队员，然后对他们加以谴责，为了维护国民警卫队的荣誉，最后让他们退役。接下来总统应该下令对全国各地的国民警卫队都进行调查，看一看是不是还有这种穿了军服的平民在被派去控制手无寸铁的群众时进行了实弹射击。总统应该实事求是地称这是一场悲剧，应该向大家表示他很痛心。他应该宣布全国为此志哀一天或者一周，各地降半旗，这不仅是为了向在肯特州立大学死去的人致哀，也是为了向直接或间接因越南战争而伤亡的人致哀。当然，他要更加坚决地将战争进行到光荣结束。

但是从来没有人要我发言，后来也从来没有人对我手中的文稿产生兴趣。

我的出席只有一次得到承认，而那一次我却是总统讲笑话的对象。在会上我的神经越来越紧张，因此我竟同时抽上了三支香烟，并且还在点燃第四支香烟。

总统终于注意到我这一头升起了浓浓烟雾，他放下手头的事，瞪着我看。他不知我是谁，得问埃米尔·拉金。

他接着露出了那种不愉快的微笑，那是他要讲挖苦话时的确凿信号。我至今还总是觉得，那微笑好像是被锤子打烂的玫瑰花蕾。他讲的挖苦话，是我听到的他仅有的一句真正风趣的话。也许这就是我在历史中的地位——尼克松说的唯一一句上等笑话的对象。

　　"我们暂且休会，"他说，"且看我们的总统青年事务特别顾问给我们表演怎样扑灭篝火。"

　　全场哄堂大笑。

4

　　我下面的监狱门打开了，又砰地关上了，我想大概是克莱德·卡特终于来叫我了，但是那个人噔噔上楼时却开始哼起《小马车，慢慢跑》来，我马上知道这是埃米尔·拉金，他一度是尼克松总统的狗腿子。他体格魁梧，眼若铜铃，嘴唇发黑，曾经担任过密歇根州立大学橄榄球队的中卫。他如今已被剥夺律师资格，整天祷告，向耶稣基督祷告。这里附带提一句，拉金没有被送出去干活儿，也没有被分派打扫任务，那是他成天在坚硬的监狱地板上祷告的结果。他因为老是跪地而得了髌前滑囊炎，双腿行动不便。

　　他在楼梯顶上停住了脚步，眼里流着泪。"唉，斯塔巴克兄弟，"他说，"爬这楼梯可真不容易。"

　　"我一点儿也不奇怪。"我说。

　　"耶稣刚才对我说，"他说，"你只有最后一次机会可以和斯塔巴克兄弟一起做祷告了，你一定要忘掉爬楼梯的痛苦，因为你知道吗？这一次斯塔巴克兄弟要跪下他高贵的哈佛膝盖，他要同你一起祷告了。"

"我不愿叫他失望。"我说。

"你难道还干过别的？"他说，"我从前干的就是：每天叫耶稣失望。"我并不是想把这个哭哭啼啼的大人物刻画成宗教伪君子，我也没有权利那样做。他由于无条件接受宗教的安慰，结果成了一个低能的傻子。当初我在白宫工作的日子里，我害怕他就像我的祖先害怕伊凡雷帝一样，可是如今我可以想怎么顶撞他就怎么顶撞了。他就像一个乡野白痴一样，你怎样怠慢他、戏弄他，他都不在乎。

我甚至可以说，就是到今天，埃米尔·拉金还在为耶稣基督做事。拉姆杰克公司有一个归我管辖的独资分公司，名叫"心地书店"，设在俄亥俄州辛辛那提，专门出版宗教书籍。七个星期以前，它出版了拉金的自传《兄弟，你愿和我一起祷告吗？》。拉金的全部版税很可能高达五十万美元，还不算拍摄电影和出版平装本的版税，他把钱统统都送给了救世军。

"是谁告诉你我在这里的？"我问他。我不愿他找到我。我本来打算出狱前躲开他，免得他要我同他一起做最后一次祷告。

"是克莱德·卡特。"他说。

那就是我在等的看守，美国总统的远房兄弟。"他在什么鬼地方？"我问。

拉金说整个监狱都闹翻了天，因为前卫生、教育和福利部部长，全国最富有的人之一，弗吉尔·格雷特豪斯突然决定马上前来服刑，不再上诉，不再拖延。他很可能是所有联邦监狱要求收监的最有地位的人。

我同格雷特豪斯只有一面之缘——当然久闻大名。他是个著名的硬汉，格雷特豪斯-斯迈利公共关系公司的创办人，如今仍是该公司最大的股东。这家公司专门为加勒比地区和拉丁美洲各国的独裁政权、巴哈马群岛的赌场、利比亚和巴拿马的油船队、中央情报局在世界各地的机构、磨料黏合剂工人国际兄弟会和燃料工人联合工会等由黑帮控制的工会、拉姆杰克公司和得克萨斯水果公司等国际大企业，等等，做极尽美化之能事的宣传。

他脑袋已秃，下颌的肉下垂，前额的皱纹像洗衣板一样。他的嘴里总是叼着一支没有点燃的烟斗，甚至坐在证人席上时也是这样。我有一次离他很近，发现他的烟斗能奏乐，就像小鸟叫一样。他进哈佛大学时我已毕业六年。我们两人在白宫正面相视只有一次，那就是在我点燃了那么多支香烟出洋相的那次会上。在他看来，我在白宫的地位只不过是食品储藏室里的一只小耗子。他同我只讲过一次话，那是我们两人都被捕以后。我们偶然在法院的过道上相遇，各自在等候传讯。他知道了我是谁以后，显然认为我掌握了他的什么材料，其实我并没有。他把脸挨近我，眨着眼睛，叼着烟斗，向我做了如下令人难忘的保证："要是你揭发我什么，老兄，你出狱以后，能够在塞得港[1]一家妓院里找到打扫厕所的差事，就算你交上好运了。"

就是在他说了这话以后，我听到了他的烟斗里像小鸟叽叽叫一

1　埃及一个港口。

样的声音。

附带提一句，格雷特豪斯是贵格派[1]教徒 —— 当然理查德·M.尼克松也是。这肯定是他们两人之间的一种特殊联系，使他们在一段时间里成为最要好的朋友。

埃米尔·拉金则是长老会派教徒。

我本人什么也不是。我父亲在波兰时是个秘密受洗的罗马天主教徒，当时这一教派是受到压制的。他长大后成了不可知论者。我母亲在立陶宛受洗的是希腊东正教，后来在克利夫兰成了罗马天主教徒。父亲从来不和她一起上教堂。我自己受洗的是罗马天主教，但学我父亲的冷淡，十二岁以后就不去教堂了。我申请入哈佛大学时，浸礼会派教徒麦科恩先生要我填作公理会派教徒，我就这样做了。

我听说，我的儿子是一个活跃的神派教徒。他的妻子告诉我说她自己是循道宗派教徒，但是她每星期到一家圣公会派教堂去唱诗，有钱拿，为什么不去？

真是无奇不有。

长老会派教徒埃米尔·拉金和贵格派教徒弗吉尔·格雷特豪斯在以前得意的时候就关系密切。他们不仅管白宫的夜盗、非法窃听、国税局对不听话的人的刁难等，而且也管早餐祷告。因此我问拉金对即将重聚作何感想。

"弗吉尔·格雷特豪斯同你或别人一样都是我的兄弟，"他

---

1 和下文的长老会派、浸礼会派、公理会派、循道宗派、圣公会派同属基督新教的分支派系。

说，"我要想办法把他从地狱里救出来，就像我现在想要救你一样。"他接着引述圣马太所说的耶稣答应要代表上帝在世界末日对有罪之人说的令人害怕的话。

这句话是："离开我，你们这些受诅咒的人，到为魔鬼和他的天使准备的永恒烈火中去吧。"

这些话当时叫我吃惊，如今也叫我吃惊。基督教徒出名的残忍肯定是由此得到启发的。

"耶稣可能说过这话，"我对拉金说，"但是这同他说的别的话太不像了，我只能得出这样的结论，那一天他有点儿糊涂了。"

拉金退后一步，歪着脑袋假装佩服。"我这一辈子见过不少歹徒硬汉，"他说，"可是你要数第一。你这些年来老是见风使舵，把所有的朋友都得罪了，如今你又侮辱了最后一个可能还愿意帮助你的人——耶稣基督。"

我没说话，我希望他会走开。

"你举出一个例子来，谁还是你的朋友？"他说。

我心里想，我的伴郎本·夏皮罗医生不管怎么样一定仍是我的朋友，很可能会开汽车到监狱来接我到他家中去。但是这只是我个人一厢情愿的想象。他早到以色列去了，在六日战争[1]中牺牲。我听说特拉维夫有一所小学用他的名字命名，以作纪念。

"举一个。"埃米尔·拉金坚持着。

---

1 1967年埃及、叙利亚、约旦等国家与以色列之间的战争，也称第三次阿以战争或第三次中东战争。战争持续了6天，最终以色列胜利。该战争进一步加剧了以色列与其阿拉伯邻国之间的紧张关系。

"鲍伯·芬德。"我说。这是监狱里唯一被判无期徒刑的，也是朝鲜战争中唯一被判叛国罪的美国人。应该叫他芬德医生，因为他有兽医学学位。他是供应科的主任科员，我一会儿就要到他那里去领回便服。供应科里总是放音乐，因为芬德可以一天到晚播放法国流行音乐女歌手伊迪丝·琵雅芙的唱片。他还是个相当有名的科幻小说家，用各种笔名出版好几本小说，笔名有"弗兰克·X.巴洛""基尔戈·特劳特"等。

"鲍伯·芬德同谁都是朋友，但同谁都没有交情。"拉金说。

"克莱德·卡特是我的朋友。"我说。

"我是说外面的人，"拉金说，"谁在外面等着帮助你？谁也没有，甚至你儿子都不会帮你。"

"我们等着瞧吧。"我说。

"你打算到纽约去？"他问。

"是的。"我说。

"为什么去纽约？"他问。

"对无亲无友、一文不名还想要做百万富翁的移民来说，它以好客出名。"我说。

"你打算去找你儿子帮忙，尽管你关在这里的时候他从来没有给你写过信？"他说。他管我这一楼的信件收发，因此他对我的信件知道得一清二楚。

"要是他发现我和他在同一个城市里，那完全是巧合。"我说。小沃尔特最后一次同我说话，是我们在切维蔡斯犹太人小公墓里为他母亲下葬的时候。把她葬在那样的地方，同那样的人们葬在一起，完全是我的主意——这是一个突然丧偶的老人的主意。露丝会说这样做是发疯，一点儿也没错。

她是躺在一口价值一百五十六美元的普通松木棺材里被埋葬的。我在棺材上面放了我家门前开花的酸苹果树的树枝，树枝是折的，不是砍的。

犹太教教士在她墓前用希伯来语说了祷词。她从来没有听过这种语言，但在集中营时一定有无数次的机会学会它。

我们的儿子对着我和墓穴转过身去，急着要上等在那里的出租汽车。他转身之前这么对我说："我可怜你，但是我永远无法爱你。我认为是你杀死了这个可怜的女人。我不能再把你当父亲，也不能把你当什么亲戚对待。我永远不想再见到你，听到你的声音了。"

这话的分量可不轻。

不过，我在监牢里做去纽约市的白日梦时倒的确想到，那里仍有我的一些老相识，可能会帮我搞到一份差事，虽然我说不清他们到底是谁。这种白日梦——你仍有朋友可以依靠——是很难舍弃的。要是我的境况稍许顺利一些的话，仍然会把我当朋友相待的人大部分是在纽约。我不禁想，要是我日复一日地在曼哈顿市中心闲逛，从西边的剧场区到东边的联合国大厦，从南边的公共图书馆到北边的广场酒店，经过中间的那些基金会、出版社、书店、男士服饰店、绅士俱乐部、豪华酒店和餐厅，我一定会碰上一个认识我的人，他记得我以前是个多么好的人，他不一定特别看不起我，他会出力帮我在什么地方弄个酒吧的差事。

我会不顾面子地向他恳求，把我调酒学博士的文凭给他看。

如果我见到我儿子走来——白日梦里是这样的——我就会转过身去，等他走了过去，没事之后，再转过身来。

"真是，"拉金说，"耶稣叫我对谁都不要放弃希望，可我几乎要放弃你了。你就到那里去坐着，眼睛朝前看，不管我说什么。"

"也只好这样了。"我说。

"我从来没有见到过有人像你这样决心做个怪胎的。"他说。

在走江湖的杂技团里，有个人躺在笼子里的一堆脏稻草上，把活鸡的头一口咬掉，嘴里发出野人似的怪声，杂技团的海报说他是在婆罗洲丛林中由野兽喂养长大的。这就是"怪胎"。在美国的社会阶层中，他是掉到最底、最底层的人，最后以被埋在公共墓地中收场。

如今拉金再三碰壁就露出了他坏心眼儿的本色。"查克·科尔森[1]在白宫就叫你怪胎。"他说。

"敢情是。"我说。

"尼克松从来没有瞧得起你，"他说，"他只是感到你可怜，这才给了你那份差事。"

"我明白。"我说。

"你压根儿不用来上班。"他说。

"我明白。"我说。

"因此我们给了你那间没有窗户的办公室，也没有给你同事，所以你不明白你压根儿不用来上班。"

---

1 指前文中尼克松总统的特别顾问查尔斯·W.科尔森，查克是查尔斯的英文缩写。

"不过我还是想做些事，"我说，"我希望你的耶稣会因此而宽恕我。"

"要是你只想拿耶稣开玩笑，你最好别提他。"他说。

"好吧，"我说，"是你先提的。"

"你知道你什么时候开始做怪胎的吗？"他问。

我知道我是在什么时候开始不走运的，在什么时候我的双翅被剪掉的，在什么时候知道了我永远不能再飞上天空的。那件事是我最痛心的事，我连想也不愿意想它，因此我终于正眼看着拉金说："请你发发慈悲，放过我这个可怜的老头儿吧。"

他高兴至极。"好呀，我终于刺穿沃尔特·F. 斯塔巴克这层哈佛的厚皮了，"他说，"我碰到了你的痛处，是不是？"

"你碰到了我的痛处。"我说。

"我们总算有了一些结果。"他说。

"我却不希望这样。"我说。我的眼睛又看着前面的墙。

"我第一次听到你声音时，还是密歇根州彼多斯基的一个穿短裤的小孩子。"

"敢情是。"我说。

"那是在收音机里。我父亲叫我和妹妹坐在收音机旁留心听：'你们好好听，你们是在听历史的缔造。'"

那一年一定是一九四九年。我们的小家庭回到华盛顿。我们刚刚搬进我们在马里兰州切维蔡斯的砖砌平房，房前还有一棵开花的酸苹果树。那正好是秋天。树上结了小小的酸苹果。我的妻子露丝要用它们做果酱，后来她每年都做。小埃米尔·拉金在彼多斯基听到的我说话的声音是从什么地方发出来的？对了，是从众议院的一个委员会会议室里。我的面前放着许多无情的无线话筒，像花丛一样，我正在接受讯问，问我关于我以前同共产党的关系和我目前对美国的忠诚度问题，向我提问的主要是一个从加利福尼亚州来的名叫理查德·M.尼克松的国会议员。

一九四九年，如果我一本正经板着脸说，那时候地面上仍是张牙舞爪的老虎的天下，因此国会的委员会是在树顶上开会的，今天的年轻人，不会不信我吧？不会不信的。当时温斯顿·丘吉尔还活着，当时约瑟夫·斯大林还活着。真不可想象。当时哈里·S.杜鲁门是总统。而国防部居然要我这个前共产党员把一批科学家和军人组成一个特别工作组，领导他们工作，其任务是为地面部队提供战术方案，对付战场上的小型核武器——当时人们认为这是不可避免会出现的。

委员会想要知道，尤其是尼克松先生想要知道，像我这样有共产主义背景的人能不能被委以这样的重任？我会把我国的战术方案递送给苏联吗？我会窜改计划使之无法付诸实施，以致在美国与苏联作战时使苏联必胜吗？

"你知道我在那个电台上听到的是什么吗？"埃米尔·拉金问。

"不知道。"我极其颓丧地答道。

"我听到的是有个人做了一件人人都永远无法原谅他的事——不管他们的政治态度怎样，都是不能这样做的。我听到的是他做了一件他自己也永远无法原谅自己的事，那就是出卖最好的朋友。"

当时我听到他那么形容他以为自己听到的事情，我笑不出来，我如今也笑不出来。那次国会听证会，后来演变为民事诉讼，最后成为刑事审判，前后拖了两年多，他却令人难以置信地将整件事删减成为一种大杂烩。他小的时候在收音机旁听到的无非是一些枯燥无味的话，不比杂音有意思。拉金一定是在长大以后，从牛仔电影中学到了一套伦理观念后，才会认为他当时极其清晰地听到了一个人被最好的朋友出卖的事。

"利兰·克卢斯从来不是我最好的朋友。"我说。这是那个被我的证词毁了一生的人的姓名，有一阵子人们的谈话中常常同时提起我们两人的姓氏，即"斯塔巴克和克卢斯"，就像联合创作轻歌剧的"吉尔伯特和沙利文"[1]，就像"萨科和万泽蒂"，就像喜剧组合"劳莱和哈台"[2]，就像少年杀人犯"利奥波德和洛勃"[3]。

我如今已不大听到别人同时提起我们两人的姓氏了。

克卢斯是耶鲁大学出身——年纪与我相仿。我们当初是在牛津大学认识的，我们在亨利镇划船[4]获胜，我是赛艇长，他是划手。我个子矮，他个子高；我如今仍矮，他如今仍高。我们同时到农业部工作，办公室相连。天气好的话，我们每逢星期天上午一起

1　指英国维多利亚时代幽默剧作家威廉·S.吉尔伯特与作曲家阿瑟·沙利文，在两人长达25年（1871年到1896年）的合作中，共同创作了14部轻歌剧。吉尔伯特主要负责写剧本，沙利文主要负责编曲。

2　由瘦小的英国演员史丹·劳莱与高大的美国演员奥利佛·哈台组成的喜剧双人组合，在20世纪20年代至40年代极为走红。

3　芝加哥大学的两名富裕学生，为了展现他们高超的智力和实施"完美犯罪"，1924年5月在美国伊利诺伊州芝加哥绑架并谋杀了一个14岁少年。

4　英国牛津郡泰晤士河上的一个城镇，以一年一度的皇家亨利赛舟会而闻名。这项赛事始于1839年，每年7月举行，持续5天，是当地著名的体育和文化活动，许多贵族名流都会参加。

打网球。那时我们入世不久，我们仍很稚嫩。

在农业部的时候，我们一起买了一辆福特菲顿二手车，常常一起开车带女朋友出去玩。菲顿是太阳神赫里阿斯的儿子。有一天他借了他父亲的火焰车，随心所欲地开到北非，结果那里变成了沙漠。宙斯为了使整个地球不至于全部荒芜，不得不用闪电击死了他。"宙斯做得对。"我说。他有什么别的办法？

但是我同克卢斯的交情从来不深，他从我手中把一个姑娘抢走并同她结婚以后，我们就不来往了。那个姑娘是新英格兰地区一个名门望族的女儿，拥有的产业中有马萨诸塞州布罗克顿的怀亚特钟表公司。她的哥哥是我在哈佛大学一年级时的舍友，我就是通过她的哥哥认识她的。她是我真正爱过的四个女人之一。她叫萨拉·怀亚特。

我无意中毁了利兰·克卢斯的时候，我们已有十多年不通音讯了。他和萨拉生了个孩子，是一个女儿，比我的孩子大三岁。他是国务院最耀眼的"流星"，大家普遍认为，他有一天会当国务卿，甚至总统，华盛顿没有一个人比他更好看、更有魅力了。

我是这样毁了他的：在宣了誓的情况下，我在回答国会议员尼克松的一个问题时，列举了一些在大萧条期间大家都知道是共产党员，但在第二次世界大战中证明自己是杰出爱国者的人的名字。在这张光荣的名单上，我列入了利兰·克卢斯的名字。当时没有人对这件事发表过什么意见。只是等我在那天下午很晚回到家，我才从妻子那里得知，她听了我做证以后，又听了收音机上的各种新闻节目，发现利兰·克卢斯以前同共产党没有任何关系。

等到露丝在一只包装箱上摆出晚餐——由于平房的家具还不齐，我们以此当饭桌——收音机才把利兰·克卢斯的答复报道给我们听。他希望能一有机会就马上到国会去，宣誓声明他从来没有当过共产党员，从来没有同情过共产党的事业。他的上司国务卿也是耶鲁大学出身，记者引用他的话说，利兰·克卢斯是他所知最爱国的人，克卢斯在与苏联代表的谈判中已毫无疑问地证明自己是忠于美国的。他认为利兰·克卢斯多次战胜了共产党人；他认为我可能仍是共产党员，甚至有可能是我的上级派我毁掉利兰·克卢斯的。

经过可怕的两年以后，利兰·克卢斯被判了六项伪证罪。当时在佐治亚州亚特兰大城外三十五英里的芬莱特空军基地边上新建了联邦最低限度安保措施成人改造所，他是第一批被送去服刑的犯人之一。

世界真小。

5

谁知二十年后理查德·M.尼克松竟当了总统，他忽然想起我来了。要不是由于他发现、追查那个说谎做伪证的利兰·克卢斯而成了全国著名人物，他后来几乎可以肯定是不会当总统的。我在前面已经说过，他派出的手下发现我在帮我妻子做室内装饰生意。她以我们在马里兰州切维蔡斯的砖砌小平房为营业地点。

他通过他们赏了我一个差事。

我觉得怎么样？当然又得意又高兴。毕竟，理查德·M.尼克松不仅是理查德·M.尼克松，还是美利坚合众国的总统，这个国家是我恨不得有机会再为它服务的。我当初是不是应该婉辞——理由是当时的美国实在不是我所希望的那个美国？

作为一个原则问题，我当初是不是应该待在切维蔡斯，宁可默默无闻，沉沦一世？

不应该。

现在，我坐在床边等了这么久的看守克莱德·卡特终于来叫我了。这时埃米尔·拉金已放弃了希望，一瘸一拐地走了。

"对不起，沃尔特。"克莱德说。

"一点儿也没事，"我对他说，"我并不急着想要到什么地方去，而且每隔三十分钟就有一班车。"既然不会有人来接我，我就得搭空军的班车去亚特兰大。我想，班车没有到监狱门前那一站就一定已挤满了人，我得一路站着去了。

克莱德知道我儿子不关心我的疾苦。监牢里人人都知道。他们还知道他是个书评家，看来似乎有一半的囚犯都在写回忆录、间谍小说、真人真事小说……因此有不少关于书评的谈论，特别是关于《纽约时报》上的书评。

克莱德对我说："也许这话我不该说，你那不肖的儿子不来接老子，该枪毙才是。"

"没关系。"我说。

"你对什么事情都这么说，"克莱德抱怨道，"不管是什么事，你总说'没关系'。"

"一般总是那样。"我说。

"这是卡里尔·切斯曼临死前的话，"他说，"我想这大概也是你临死前的话。"

卡里尔·切斯曼是个绑匪和强奸犯，不过他没有杀人。他被判了罪，在加利福尼亚州的死囚牢房里关了十二年，他靠自己的力量进行了多次上诉，要求缓期执行死刑。他学会了四种外语，写了两本畅销书，最后被放在一只有窗户但不透气的密封箱里，吸了氰化物气体而死。

而他临死前的话确如克莱德所说，是"没关系"。

"好吧，你听好，"克莱德说，"当你在纽约搞到一份调酒师的工作时，我就知道两年之内你能拥有那家酒吧。"这是他心肠好的地方，不是单纯的乐观。克莱德这么说，是要帮我打起精神来。"要是你搞到纽约生意最好的酒吧，我只希望你记得克莱德，或许能派人把他叫去。我不但会照应酒吧，而且能修理空调。到那时，我也能修理你的锁了。"

我以前知道他一直在考虑报名参加伊利诺伊州函授学院的制锁课程。从这里可以知道他显然已经报了名。"原来你已报了名。"我说。

"我已报了名，"他说，"今天上了第一课。"

监狱是个四方的庭院，四边都是常规的二层楼营房一般的建筑。克莱德和我正在穿过中间的大操场。我的怀里抱着床单和毯子。这个操场以前是我国的优秀男儿——年轻的步兵——操练的地方，表现他们决死精神的地方。如今，我想，我也穿了制服为我的祖国服务过了，两年之中无时无刻不是在做国家要我做的事。它叫我受苦。它没有叫我捐躯。

有些窗户里有人在张望，都是些心脏不好、肺部不好、肝不好、什么都不好的老弱犯人。操场上除我们两人以外，别的人只有一个。他一手拖着一大袋垃圾，一手用一根棍子头上的尖铁从地上戳起废纸来。他像我一样，矮小年老。他瞧见我们走近时就站在我们去行政楼的道路上，用棍子指指我，表示有重要的话要同我说。他是卡洛·迪桑柴博士，拥有那不勒斯大学法学博士的文凭。他是归化¹的公民，因用邮件宣传庞氏骗局²，如今已第二次服刑了。他极其爱国。

"你要回家去了？"他问。

"是的。"我说。

"有一件事可别忘记，"他说，"不论我们的国家让你受了什么罪，它仍是世界上最伟大的国家。你能记住吗？"

"是的，先生——我想我能记住。"我说。

"你真傻，去当了共产党员。"他说。

"那是很早以前的事了。"我说。

"在国家里没有出头的机会，"他说，"你为什么要生活在一个没有出头机会的国家里？"

"这是年幼无知时所犯的错误，先生。"我说。

"在美国，我做过两次百万富翁，"他说，"以后还会做百万富翁。"

"我敢肯定你会的。"我说，而且我的确是肯定的。他肯定会第三次行骗——同以前一样，愿意出很高利率向一些傻瓜借钱，把钱骗到手后，用大部分钱为自己买豪宅、高级轿车、游艇等等，留下一小部分钱当利息还给人家，利率是他原来答应的那么高。收到他的利息支票的人很满意，消息传了出去，就有更多的人来借钱给他，他就用他们的钱开利息支票，如此循环不已。

1　指某人在出生国以外自愿、主动地取得其他国家国籍的行为。

2　指金融领域的投资诈骗，由一个名叫查尔斯·庞兹的投机商人所"发明"，很多非法传销集团使用这一骗局聚敛钱财。

我如今深信，迪桑柴博士之所以不死心就在于他愚蠢至极。他尝到了诈骗成功的甜头，即使蹲了两次监牢，也无法认识到这种行骗办法最后必然是要被拆穿的。

"我使许多人快活、发财，"他说，"你做到过吗？"

"没有，先生——还没有，"我说，"不过为时未晚。"

我如今开始相信，根据我对经济学的一些最粗浅的了解，每一个成功的政府都必然会有庞氏骗局。它接受了永远无法偿还的巨额贷款。要不然，我怎么向我的混血孙儿们解释美国在二十世纪三十年代是怎么一个状态？那时美国的主人和政客找不到办法让他们的人民得到最基本的必需品，例如食物、衣着、燃料，要搞到一双鞋也很困难！

可是接着，军官俱乐部里忽然出现了一些原来的穷人，他们如今衣着入时，吃着菲力牛排，喝着香槟。士兵俱乐部里也出现了原来的穷人，他们如今的衣着马马虎虎，可以说得过去，也在吃汉堡包、喝啤酒。两年前皮鞋磨穿了底的人，忽然就有了一辆吉普车，或者卡车、飞机、游艇，燃料供应源源不绝。他要配眼镜就有眼镜，要镶牙就有镶牙器材，对可预见的疾病都免疫。不论他在地球上的什么地方，每逢感恩节或圣诞节，他总能吃到热火鸡和蔓越莓酱。

这是怎么一回事？

除了庞氏骗局以外还可能是什么？

卡洛·迪桑柴退开，让我和克莱德过去，克莱德开始骂自己缺乏远大眼光。"酒吧侍者、修空调的、修锁的、看守犯人的，"他说，"我的目光怎么这样短浅？"

他说起他长期以来同白领犯人的交往历史，他告诉我他得出一个结论："咱们国家事业成功的人从来不从小处着眼。"

"事业成功？"我不能相信自己的耳朵，"我的天，你说的是被判了罪的诈骗犯呀！"

"那当然，"他说，"但他们大多数人仍将许多钱偷偷地藏在什么地方。即使没有藏，他们也知道以后怎样再骗更多的钱。谁出去都能混得不错。"

"请记住我可是个例外，"我说，"我结婚以后大部分时间需要我老婆养活。"

"你曾经有过一百万美元，"他说，"我就是活到一百万岁也看不到一万美元。"他指的是我在水门事件中的罪证，那是一只老式的扁平皮箱，里面装了一百万美元，都是用过的面值二十美元的钞票，上面没有流通标记。这是非法的竞选捐款。联邦调查局和特别检察官办公室的人员来检查白宫所有保险柜里的物品，因此必须把这箱子藏起来。地下室夹层我那间不起眼的办公室就被选中为最理想的窝赃地点。我默许了。

就在这个时候，我的妻子去世了。

接着箱子被发现了，警察来逮我。我认识把箱子送到我办公室的人，也知道他们奉谁之命行事。他们都是高级人物，可是却像普通搬运工一样搬着箱子。我不肯告诉法院，也不肯告诉自己的律师或者任何人箱子的责任人是谁，因此我去监狱蹲了一阵子。

我从利兰·克卢斯的倒霉事件中学到了这个教训：把另外一个

可怜的傻瓜送进监狱，会让你终生内疚。没有比这种宣誓证词更让你觉得今后残生了无意义的了。

还有，我的妻子刚死。我什么都不在乎。我呆若木鸡。

即使现在我也不愿揭发那只箱子的责任人。这无足轻重。

不过，我不能向美国历史隐瞒在箱子放到我的办公室后一个责任人说的话。这句话是："把这窝囊废招到白宫来是哪个王八蛋出的馊主意？"

"像你那样的人，"克莱德说，"钞票一把一把地抓，几百万美元不算稀奇。我当初要是有机会上哈佛大学，也许也能这样。"

我们又听到音乐了。我们走进了供应科，音乐是从那里的留声机上传出来的。伊迪丝·琵雅芙在唱："Non，je ne regrette rien！"这句歌词的意思是："不，我一点儿也不后悔！"

我和克莱德一进供应科，这首歌正好唱完，因此被判处终身监禁的供应科职员罗伯特·芬德[1]医生热烈地告诉我们，他多么赞同这首歌。"Non！"他说，牙齿露出，目光炯炯，"Je ne regrette rien！Rien！"

我在前面已经说过，他是一个兽医，也是朝鲜战争中仅有的一个被判叛国罪的美国人。他罪该枪毙，因为他那时是美国陆军的一名中尉，在日本服役，检查运到朝鲜给美军吃的肉。军事法庭为表示宽大为怀，只判了他无期徒刑，但不得假释。

美国的这个卖国贼同美国的一位大英雄查尔斯·奥古斯塔

---

1 前文的鲍伯·芬德医生，罗伯特的简称为鲍伯。

斯·林德伯格[1]非常相像。他个子很高，骨骼粗大。他有斯堪的纳维亚血统，农家子弟出身，由于听伊迪丝·琵雅芙唱的歌太久了，带哭调的法语说得相当流利。他除了艾奥瓦州埃姆斯的老家和日本的大阪驻地之外，监狱外面什么地方也没有去过。他见到女人时很羞怯，有一次他告诉我，他到大阪时还是童身。后来他与夜总会里的一个女歌手热恋上了，她自称是日本人，逐字逐句地跟着唱片学伊迪丝·琵雅芙唱歌。其实她是一个间谍。

"我的好朋友沃尔特·斯塔巴克，"他说，"你今天过得怎么样？"

我就把我坐在床边，一首歌曲老是在脑海里盘旋的事告诉他，也就是那首"萨莉在花园里筛炉渣"的歌。

他听了大笑。后来他把我和这件事写进他的一篇科幻小说里。我很高兴地告诉大家，这篇东西就发表在本月的《花花公子》上，这是拉姆杰克公司出版的杂志。作者化名弗兰克·X.巴洛。故事讲的是在离地球两个半星系以外的小羊驼星球上的一个前法官，他把躯体留下，让灵魂到太空中去飞行，寻找一个能住人的星球，借一个新躯体还魂。他发现整个宇宙几乎是没有生命的，最后到了地球，首先着陆在佐治亚州亚特兰大市外三十五英里的芬莱特空军基地的普通士兵停车场。他可以任意从一个人的耳朵进入那人的躯

---

1 瑞典裔美国飞行员，1927年5月20日至21日，他完成了人类历史上首次单人不着陆的跨大西洋飞行，并获得了由法裔美国人、慈善家奥特洛为纽约和巴黎间直飞挑战所设立的2.5万美元奖金。1932年，其长子惨遭绑架并被撕票（侦探小说家阿加莎·克里斯蒂后来据此创作出《东方快车谋杀案》）。"二战"期间他与纳粹政府较为亲近。1953年，他出版自传《圣路易斯精神号》，并获得了1954年的普利策奖。

体，并寄居在里面。他要找到一个躯体，过一过社交生活。据那篇小说讲，没有躯体的灵魂不能过社交生活——因为人家都看不到你，你也不能触碰别人，或者发出声来。

法官以为只要他觉得与那个躯体志趣不合，就随时可以从里面出来。可他万万没有想到地球上的人和小羊驼星球上的人化学成分不同，他进去了以后就粘在里面，永远出不来了。这篇小说里还有一篇短论文，论述地球上原来使用的几种黏胶，说黏性最大的是一种能把成熟藤壶黏附在圆石、船底、桩子等上面的黏胶。

"一种叫藤壶的甲壳动物，"芬德医生用弗兰克·X.巴洛的名字写道，"幼时能够在七大洋海底的任何地方和半咸水的河口区随意浮动或爬行，其上身栖于圆锥形壳中，触角外露，宛若铃舌。

"藤壶在成熟时，其圆锥形壳排泄出一种黏胶，能永远黏着于碰到的任何东西。因此对于刚成熟的藤壶或从小羊驼星球上来的无主灵魂，地球上若有人说'阁下请坐，阁下请坐'，并非一件随便的事。"

这篇小说里的法官告诉我们，他的星球上的人也有"你好""再见""请""谢谢您"等说法，都叫"叮啊吟"。他说在老家小羊驼星球上，大家换躯体就像地球上的人换衣服一般。他们离开了躯壳以后，是没有重量，没有形体的，但有沉默的意识和感觉。他说，在小羊驼星球上没有乐器，因为他们在体外飞翔时本身就是音乐。什么单簧管，什么竖琴，什么钢琴，都是多余的，都是模仿空中游魂、制造拙劣产品的机器。

可是他说小羊驼星球上的人已把时间用完了。那个星球的悲剧就在于：科学家们找到了从表土层、海洋、大气中提取时间的办法——以此来为家庭取暖，发动汽艇，给作物施肥；他们吃的是它，穿的也是它，什么都是它。他们每顿饭都供应时间，并用它喂养猫狗，以此表示他们的富有和聪明。他们听任大量时间丢在堆得满满的垃圾箱里白白腐烂。

"在小羊驼星球上，"法官说，"我们的生活方式仿佛是没有明天一样。"

他说，最糟糕的是爱国主义的时间篝火。当他还是孩子时，他的父母高兴得把他抱在怀里又亲又哼；为了庆祝女王的生日，把未来一百万年的时间放在火炬上烧掉了。到他五十岁时，留下的时间只有几个星期了。星球上到处可以见到现实的大裂缝。人可以穿墙过去。他自己的游艇只剩下了驾驶盘。孩子们玩耍的空地上出现了大洞，有的孩子掉了下去。

因此小羊驼星人都得脱离躯壳，乖乖地飞向太空。他们对小羊驼星球说："叮啊吟。"

故事接着说："年代的异常、引力的雷暴、磁性的旋涡，把小羊驼星人的家庭在太空中拆离了，分散到遥远的各处。"法官设法同他美丽的女儿一起待了一阵子。不过，她已不再美丽了，因为她已没有躯壳。最后她灰心了，因为他们到的星球或月亮上面都没有生命。做父亲的没有办法挽留她，无可奈何地看着她钻进了一块岩石的缝里，成了这块岩石的灵魂。令人啼笑皆非的是，这就发生在地球的卫星月亮上，距那人口最稠密的星球只有二十三万九千英里！

他终于在空军基地着陆，但在这之前，他遇上了一群兀鹰，他跟着它们飞了一阵，差点儿钻进其中一只的耳朵里去。他一点儿也不了解地球上的情况，以为这种吃腐肉的飞禽很可能是统治阶级的一员呢。

他觉得在空军基地的生活太忙碌，没有思考的时间，因此他又腾空而起，这次他发现了另外一个安静的建筑群，以为这里可能是供哲学家沉思的地方。他无法知道这是一个关白领罪犯的拥有最低限度安保措施的监狱，因为小羊驼星球上没有这种设施。

他说，在他的老家小羊驼星球，白领罪犯由于辜负了信任，定了罪后他们的耳朵就会被塞起来，使他们的灵魂出不来。然后人们把他们的躯体放在一个人工粪池里，粪尿淹到他们的脖子处。警官们驾驶着大马力的快艇在他们头上巡逻。

法官说他自己就判处过好几百个人这样的惩罚，被告总是声称他们没有违反法律，只是违反了法律的精神，也许还只是那么一点儿精神。法官在宣判之前，往往会在头上顶一只夜壶之类的东西，好使他说话的声音更加洪亮，令人生畏。他往往这样千篇一律地宣布："孩子，这一次不仅给你法律的精神，也要给你法律的肉体和灵魂。"

据这位法官说，这时你就可以听到警官们在法院外面的粪池上启动他们的快艇："呼——呼——，呼——呼——，呼——！"

<u>6</u>

鲍伯·芬德医生小说里的法官想要知道这个冥想中心里哪个哲学家最有智慧、最知足。他揣想一定是那个坐在二层楼牢房里的小老头儿。那个小老头儿隔一阵子就要拍三下手，显然是因为他对自己的思考感到很满意。

因此法官就飞过去钻进了那个小老头儿的耳朵里，谁知从此就粘在里面了。据那小说讲，同他粘在一起"就像塑料面板贴在涂了黏胶的柜面上一样紧密"。他在小老头儿的脑袋里听到的不过是：

> 萨莉在花园里
>
> 筛着炉渣，
>
> 跷起了大腿
>
> 像男人般放个响屁。
>
> …………

如此等等。

这是篇很有趣的小说。其中还有法官把变成了月亮上一块岩石的灵魂的女儿救出来的情节。但是我觉得这都不能同作者怎么会在大阪犯了叛国罪的真实故事相比。鲍伯·芬德在一家美国军官常常光顾的夜总会里，从二十英尺开外的地方，爱上了那个学伊迪丝·琵雅芙唱歌的特务。他一直不敢缩短这个距离，又不敢送花给她，或送字条给她，却一夜又一夜地坐在同一张桌边痴痴地望着她。他总是孤身一人，又是全场个子最高的，因此那个歌手——她的艺名叫"泉"——就问别的美国军官，这个人是谁，是干什么的。

他其实只是个还没有尝过女人味道的肉类质检员，可是别的军官却开玩笑对泉说，他很孤独寂寞，因为他的工作极其秘密重要。他们说他带领一支精锐部队守卫原子弹。他们还说，她要是去问他，他一定会说自己是肉类质检员。

于是泉就去找他。她不请自来，坐在他的桌边。她把手伸到他的衬衫里，摸他的奶头。她告诉他，她喜欢高大沉默的男人，别的美国人嘴里话太多。她要他在夜总会半夜两点钟关门后带她回家。当然她的目的是想知道原子弹放在哪里。实际上，那时根本没有原子弹放在日本本土四岛。它们放在航空母舰上，在冲绳岛。这一夜她就只对着他唱歌。他又高兴，又害羞，几乎晕了过去。他在夜总会外面停有一辆吉普车。

半夜两点钟她上他的吉普车时说，她不但想看看高大的美国朋友住在哪里，还想看看他工作的地方。他对她说，那不费事，因为他住和工作都在一个地方。他开车把她带到大阪美军军需署的一个新码头，码头中间有个大仓库，一头是些办公室，另一头是常驻兽医的两间住房，中间就是放肉的大冷藏库，放满了芬德已经检查过和还没有检查的宰好的牲畜。码头近岸的一边有道铁篱笆，门口有个警卫站岗，不过后来在军事法庭审判时揭露，这里的纪律颇为松弛。那些警卫都以为他们要注意的只是防止有人偷肉出去。

因此那个警卫——后来被军事法庭宣布无罪——就挥手让芬德医生的吉普车开进去了，他没有注意到里面躲着一个未经批准擅自入内的女人。

泉要求看一看冷藏库里放的是什么，芬德再乐意不过，给她看了。到他们走到码头靠海那一头的宿舍时，她才明白他真的不过是个肉类质检员。

"可是她那么可爱，"芬德有一次对我说，"要是你不笑话，我也是那么可爱，因此她那天夜里就留下来过夜了。当然啰，我怕得要死，因为我以前从来没有同女人睡过觉。但是我对自己说：'别害怕，安下心来。什么动物你都能应付得很好，几乎从你一生下来就是这样，只需记住一件事情：这里不过又是一只乖乖的小动物而已。'"

在审讯芬德的法庭上才弄清楚：他和陆军兽医队的其他人员一样，看上去是个军人，其实没有受过军人的思想训练。当时人们似乎觉得无此必要，因为要他们做的事不过是检查肉类质量而已。后来弄清楚了，最后一个参加过战斗的兽医早在卡斯特将军的最后阵地小大角河阵亡了。[1]而且，陆军方面有一种迁就兽医的倾向，因为军队很难招募到兽医。他们在外面能发大财——尤其是在大城市里，给人家豢养的宠物猫狗看病。因此他们把码头上的一所舒适僻静的住处给芬德住。他的工作是检查肉类，只要他完成任务，谁也没有想过要检查他。

"要是他们检查我的住处，"他对我说，"他们是半点儿灰尘也找不到的。"据他说，他们只会找到"大阪私人收藏的最精美的日本陶器和织物"。凡是精细纤巧的日本东西，都让他着迷。这种艺术狂热肯定可以弥补他自己丑陋无用的大手大足的不足。

"泉不住地在我和墙上、书架上的美丽陈列品之间来回张望——翻看我的柜子和抽屉，"他有一次对我说，"要是你能见到她那样做时的表情变化，你就会同意我说的，尽管我这样说未免太自作多情了：她爱上了我。"

第二天早上他起来做早饭，用的都是日本的厨具，尽管早饭是地道的美国式早饭——腌肉和鸡蛋。他做饭的时候她就盘起腿坐在床上。她使他想起了他小时候养的一头小鹿。这想法并不是突如其来的。他照料这头小鹿已有整整一宿了。他打开收音机，调到军用电台，他想听音乐，结果却是新闻。头号新闻是昨天半夜里在大阪破获了一个间谍网，抄获了他们的无线电发报机。尚未捕获的只有一个成员，那是个自称"泉"的女子。

据芬德自己说，他这时仿佛"走进了另外一个世界"。他在这

1　指1876年卡斯特率部与印第安人在此交战，全军覆没。

个新世界中要比在原来的旧世界中感到自在得多，原因只是如今他有了一个异性做伴，他因此决定不再回到那个旧世界中去。泉说的关于她忠于事业的话在他听起来并不觉得是敌人的宣传。"这不过是从另一个世界来的一个好人的常识而已。"他说。

因此他把她藏匿起来，给她吃饱，又小心翼翼地不影响自己工作的完成，如此有十一天之久。到了第十二天，他再也憋不住了，竟冒失地问一艘从新西兰开来正在卸牛肉的船上的一个水手，能不能花一千美元让他带个女人上船离开日本。水手报告了船长，船长又报告给美军当局。芬德和泉马上被捕，隔离开来，以后就永远没有再见面。

芬德之后一直没有弄清楚她的下落。她就此销声匿迹了。比较可信的传说是，她被偷偷地移交给特务，送到汉城[1]，未经审判就被枪决了。

芬德对自己所做的事毫不遗憾。

如今他举着我那套便服的裤子给我看，那是一套灰色条纹的布鲁克斯兄弟牌西服三件套。他问我是不是记得裤子的胯部有个香烟烧出来的大窟窿。

"是的。"我说。

"你找吧。"他说。

我找不到了。这套衣服别的地方我也找不到小窟窿了。原来是他自己出钱将衣服送到亚特兰大帮我织补过了。"亲爱的沃尔

1　韩国首都首尔的旧称。

特，"他说，"这是给你的临别礼物。"

据我所知，几乎人人都曾从芬德那里得到过一份临别礼物——他写科幻小说得来的稿费没处花。但是给我的衣服织补窟窿可算是我所得到过的最亲切、最周到的礼物了。我感动得几乎哭了出来，我告诉了他。

他还来不及答复，大楼正面办公室里就传过来吆喝声和跑来跑去的脚步声，这些办公室的窗户是冲着外面的四车道公路的。原来大家以为是前卫生、教育和福利部部长弗吉尔·格雷特豪斯抵达了，结果是虚惊一场。

克莱德·卡特和芬德医生也跑到收容室去看热闹。这个监狱里所有的门上都没有锁。芬德要是愿意，完全可以一直跑出去。克莱德没有枪，别的看守也都没有枪。要是芬德逃跑，也许会有人出来拦阻他，但我对此颇为怀疑。真那样的话，那就是这个监狱设立二十六年来的第一次越狱事件，应该怎样处理，谁也不清楚。

我对弗吉尔·格雷特豪斯的到来不感兴趣。他的到来和其他新犯人的到来一样，都可以说是一种公开行刑。我不想看着他或任何人当众蒙羞。因此我一个人留在供应科里。我对这偶然得到的不受打扰的清静机会很高兴，就加以利用。我做了一个也许是我一生中最下流、最亲密的形体动作——我换上了便服，由此变成了一个精神颓唐、爱发牢骚的小老头儿。

白色的细布内裤和黑色螺纹袜是从切维蔡斯的"大来好"男士用品商店买来的；白色箭牌衬衫是从华盛顿加芬克尔百货公司买来的；布鲁克斯兄弟牌西服三件套是从纽约市买来的，军团斜条纹领带和黑皮鞋也是。两只皮鞋上的鞋带都断了，打了个死结连上。芬德显然没有好好检查，否则会换上新鞋带的。

领带的历史最悠久。我在第二次世界大战时就系过它。不可想象。在制订诺曼底登陆日医药品供应计划时，与我共事的一个英国人对我说，这条领带表明我是皇家威尔士火枪团的一员。

"第一次世界大战时，你们在第二次索姆河战役[1]中被歼灭。"他说，"如今，这一次，你们又在阿拉曼被歼灭。你可能会说它'并不是世界上运气最好的一个团'。"

领带的条纹设计是这样的：整体是一条宽宽的淡灰色带，上边镶着窄窄的绿色条纹，下边镶着橘红色条纹。今天我还系着这条领带，坐在拉姆杰克公司乡村乐唱片部办公室。

当克莱德·卡特和芬德医生回到供应科时，我已摇身一变，恢复平民的身份了。我像任何一个新生生物一样晕头转向，羞答答地双腿发软。我还不知道自己看上去像个什么样子，供应科有一面穿衣镜，但镜子对着墙。一有新人来，芬德就把它转过去对着墙。这是芬德考虑周密的又一例子。新来的如果不愿意的话就不用马上看到自己穿上囚服以后是什么尊容了。

不过克莱德和芬德的脸本身就是两面镜子，让我看到我还不是法国已故演员莫里斯·舍瓦利耶那样风流倜傥的花花公子。他们马上嘻嘻哈哈地掩饰他们的情绪，可是不够快。

芬德假装是我在哪个大使馆里供职时的随从："早安，大使先

1　又称皮卡第战役，第一次世界大战末期德军在西线发动的最后攻势中的第一次进攻。

生。今天又是天高气爽。女王邀您下午一点共进午餐。"

克莱德说，哈佛大学出身的人，真是一望而知，他们都有一种气质。但是这两个朋友都没有把镜面转过来。所以我自己动手了。

我在镜中看到的人像是：一个斯拉夫血统的骨瘦如柴的看门老头儿，对整套西服和领带都不习惯。衬衫领子太大，那套西服也是，它们像马戏团的帐篷一样套在他身上。他的表情愁苦——大概他是在去参加一个亲戚葬礼的路上。他这个人同那套衣服一点儿也不相称。他很可能是从一个有钱人的垃圾箱里找到那套衣服的。

要心平气和。

7

　　我如今坐在监狱门前公路旁边的一条没有树荫遮蔽的长凳上。我是在等班车。我的身旁放着一只棕色的帆布皮箱，是专为军官定制的。在我得意的时代，它是我在欧洲随身不离的伴侣。皮箱上面放着一件军用旧雨衣，那也是我得意时代的遗物。我孤身一人。班车晚点了。我隔一会儿就要摸一摸我的上衣口袋，确认我的释放证是不是在那里；还有政府发给我的可以去领一张从亚特兰大到纽约的单程经济舱机票的凭证，以及我的钱和调酒学博士文凭。太阳热辣辣地晒着我。

　　我有三百一十二美元十一美分，其中二百五十美元是一张政府开的支票，很难被偷走。这都是我自己的钱。被捕以后，我对我的资产进行了精确的加减，之后这一笔钱就分毫不差地全归我了：三百一十二美元十一美分。

　　这样，我就又要回到自由企业制度里去了。这样，我就再一次脱离联邦政府的保护和教养。

上次是在一九五三年，也就是利兰·克卢斯因伪证罪而入狱后两年。当时已有其他好几十个证人被找来做证，证词对他也更加致命。我的证词只不过是他在第二次世界大战前参加过共产党，我认为在大萧条一代的人身上，如果这有罪，那么这罪也大不了像排队领救济面包一样。但是别人愿意起誓做证，说克卢斯在战时始终是共产党员，并且把秘密情报传递给苏联特务。我目瞪口呆。

这对我来说完全是新闻，甚至可能是假的。我对克卢斯的要求最多不过是要他承认，在一个其实无关紧要的问题上，我说的是实话。天知道我并不想毁了他，让他蹲监狱，我对自己的估计最多不过是毕生感到内疚，永远责备自己，因为我无意中对他干了这么一件事。除此之外，我以为生活基本上可以像以前那样过下去。

没错，我被调到国防部一个不怎么关键的岗位上去工作，根据来自各种不同的教育和经济背景的，属于各种不同的种族和宗教的士兵对于各种不同的战地口粮的好恶，制成一份口味图表，而其中一些口粮是新的和试验性的。这种工作如今可以用电脑来做，不用人脑，不用人眼，不用人手，速度媲美光速，但当时基本上仍是用人工。如今看来，我和当时的工作人员就像基督教僧侣用画笔、羽管笔描手稿，用金粉涂第一个字母似的。

没错，在工作上同我有来往的人，不论是下属还是上司，在同我打交道时都采取了比较冷淡和公事公办的态度。他们似乎不再有时间跟我讲一两句笑话或交换一些战争消息了。我们的每次交谈都是废话少说，干脆利落。他们说完就埋头工作。我当时以为这是我们正在建立的那种精悍、高度机动化和完全专业化的新型武装部队的精神，我还告诉我可怜的妻子说我很赞赏这种精神。世界上任何地方要是出现了新的或潜在的希特勒，我们就可以用这支军队来一举歼灭之。任何国家一旦失去自由，美国就会马上来把自由还给他们。

没错，露丝和我的社交生活不像我在纽伦堡向她形容的那么活跃。我曾经对她说家里的电话会一天到晚响个不停，话筒的另一边是我的一些老战友。他们会通宵地吃啊，喝啊，说啊。他们在政府工作，正当壮年，像我一样，四十不到，或者四十出头，精明能干，经验丰富，充满智慧，坚固如钉子。不论他们在官僚系统中地位如何，他们都可以做部门的实际领导和骨干。我对露丝说，他们会在莫斯科、东京、她的家乡维也纳、雅加达、廷巴克图等天涯海角的不论什么地方担任重要职务后突然来访，给我们介绍对世界各地的观感和那里的实际情况！我们说说笑笑，再斟一杯酒。本地人当然渴望同我们这样有趣的、见过世面的人交朋友，听我们的内幕消息。

露丝说，我们的电话铃响不响完全没有关系——要不是由于我的工作性质需要白天黑夜随叫随到，她反而更愿意家里不装电话。至于同消息灵通人士做彻夜的长谈，她说她最不习惯晚上过了十点还不上床，而且在集中营里她已听够了所谓的内幕消息，以后一辈子不听也够受用了，而且还不止如此。"我不是那种人，沃尔特，"她说，"我不认为人必须经常知道内幕消息。"

这也许是露丝在保护自己，她在白天我去上班的时候，又恢复到她在获得解放后感到的那种奥菲莉亚式的飘飘欲仙的感觉，那时她觉得自己像只单独与上帝同在的小鸟，用这种办法来躲避风暴渐作的恐惧，或者更确切地说，躲避日益无人理睬的恐惧。她没有玩忽照顾孩子的责任，利兰·克卢斯进监狱时我们的孩子五岁，总是穿得干干净净，吃得饱饱的。她也没有偷偷地喝酒解闷儿。不过，她却开始吃得更多了。

这就使我不得不再回到体形大小的问题，我实在不愿意谈这个问题，因为我并不特别重视它。体形的大小如果与一般通行的标准有差异就会受到人们的注意，但与生活在其中的生命几乎没有任何关系。我因体格瘦小可以做赛艇长，这我在前面已经说过。但是这说明不了什么问题。当利兰·克卢斯因伪证罪受审时，我的妻子身高只有五英尺，体重却有一百六十磅左右。

这且放过不谈。

除了这一点，我们的儿子很小就觉得他的父亲出名的瘦小，而他的外国母亲又那么痴肥，这对他在社交上很有妨碍，他居然告诉邻近的好几个小朋友，他是领养的孩子。有一个女邻居在白天的时候总共只邀露丝过去喝过一次咖啡，目的是要弄清楚我们知道不知道孩子的生身父母是谁。

要心平气和。

因此，在利兰·克卢斯下狱并过了相当长一段时间以后——我在前面说过，一共两年，在两年以后，我被叫到陆军部助理部长谢尔登·沃克的办公室。我们以前从来没有见过面。他以前从来没有在政府机关中工作过。他年龄与我相仿。他上过前线，升到了炮兵少校，参加了北非登陆战役。诺曼底登陆日他又参加了在法国的登陆战役。但是他基本上只是个俄克拉何马州的企业家。后来有人告诉我，他是该州最大的轮胎经销商。使我更加惊异的是，他是个共和党人，因为这时德怀特·戴维·艾森豪威尔五星上将当了总统——二十年来登上这个宝座的第一个共和党人。

沃克先生说，他想代表国家对我多年来在战争与和平时期的忠诚服务表示感谢。他说我有管理才能，如果用在私人企业上一定可以得到更加优厚的报酬，他说如今正在开展节约运动，我的职务将要被取消。还有其他许多职务也将被取消，因此他无法把我调到别的地方去，尽管他是很愿意那样做的。总而言之，我被开除了。我到如今也说不清，在他站起身，伸出手来对我说"斯塔巴克先生，你如今可以把你的非凡才能拿到自由企业制度的公开市场上去按实际价值出售了。祝你谋事成功！祝你好运！"的时候，他到底是善意的还是恶意的。

我对自由企业制度又有什么了解呢？当然，如今我了解不少，当时却一无所知。我当时对它的了解很少很少，因此有好几个月都在梦想着，私人企业真的会出重金来礼聘像我这样的全能管理人才。我在失业期的最初几个月对我可怜的老婆说，万一别的都不行，我们肯定还有一个选择的余地：我随时可以举起双手，打个比方来说，像个被钉到十字架上去的人一样，不得已到通用汽车公司，或者通用电气公司，或者类似的公司去工作。这个女人对我是何等善良可以从这一点来衡量：她从来没有问我，既然这么容易，我为什么不马上就这么做；她从来没有要我解释，我究竟为什么认为在私人企业工作是件愚蠢的事，是见不得人的勾当。

"我们即使不想发财也可能不得不发财。"我记得那时候曾经这么对她说过。我的儿子当时六岁，也在听——可以肯定地说，他已经听得出这话是自相矛盾的了。可是他懂不懂呢？不懂。

这时我去拜访了或者打电话给在其他部里工作的熟人，轻描淡写地说自己"暂时是自由身"，这是失业"演员"自嘲的话。我很像是个受了可笑的伤的人，眼睛被打得乌青，或者脚上大拇指骨折。此外，我的全部老相识像我一样都是民主党人，因此我把自己装扮成共和党的愚蠢且充满报复心的受害者。

虽然过去生活对我来说一直都是一帆风顺的，几次调换工作都有朋友的帮助，可是如今却没有人能想得起什么地方有个空缺了。空缺突然像渡渡鸟一样绝迹了。

太糟糕了。

不过这些老战友对我的态度是那么自然和客气，所以我到如今仍说不准我是不是因为做了对不起利兰·克卢斯的事而受到了惩罚——如果不是由于我最后不得不向政府外面的一个目中无人的老头儿求援。使我大吃一惊的是，他十分愿意向我表示他对我的反感，而且做了详细的解释。这位先生是蒂莫西·比姆。他在战前曾任罗斯福手下的农业部助理部长。我在政府中的第一个职位就是他给我的。他也是哈佛大学出身，是罗德奖学金获得者。如今他已七十四岁，仍任华盛顿最有威望的那家法律事务所——比姆·默恩斯·韦尔德·韦尔德法律事务所——的领导。

我打电话问他能不能同我共进午餐。他拒绝了。大家都拒绝同我一起吃午餐。他告诉我那天下午可以见我半小时，不过他想不出我们有什么话可以谈。

"老实说，先生，"我说，"我在找工作。我有没有可能在一个基金会或博物馆那样的地方工作？"

"哦——找工作，是吗？"他说，"好吧——我们就谈这个吧。千万请你来。我们有多久没有好好谈一谈了？"

"有十三年了，先生。"我说。

"十三年光阴如流水呀。"

"可不是，先生。"我说。

"啧——啧。"他说。

我如约前去，真是傻瓜。

他一开始就有意做出热诚接待的样子。他把我介绍给他的年轻男秘书，一边对他说，我当时何等年轻有为，一边还不停地拍我的肩膀。这个人可能一辈子从来没有拍过别人的肩膀。

我们进了他的镶板办公室后，蒂莫西·比姆就叫我在一张皮沙发上坐下，并说："阁下请坐，阁下请坐。"我最近才又遇到这句听来似乎幽默的话，当然，那是在鲍伯·芬德医生的科幻小说里，说的是一位小羊驼星球上来的法官，他从此就同我和我的命运永远连在一起了。此外，我不信蒂莫西·比姆以前对别人说过这样的客套话。附带提一句，他是个矮矮胖胖、不修边幅的老头儿，却十分雄伟，我在他面前显得十分渺小。他的一双大手使人感到他以前大概舞弄过大刀，如今却在摸索真理和正义。他的两条雪白的粗眉连成了一条。他就座以后，得探着脑袋，从这丛眉毛的下面透视我，同我说话。

"我大概不用问你的近况吧？"他说。

"是的，先生，您不用问。"我说。

"你和克卢斯那小伙子真有办法，像难兄难弟一样出了名。"他说。

"不过却后悔莫及。"我说。

"可不。我敢说你们一定后悔得厉害。"他说。

谁知道他这个人当时只有两个月左右好活了。但就我的印象来说，他当时一点儿异样也没有表现出来。在他死后，有人说，要是他能活到另外一个民主党的总统上台，他肯定会被调到最高法院任职。

"你如果真的后悔的话，"他继续说，"我希望你确实知道你该为什么而难过。"

"先生，我不明白——"我说。

"你以为受牵连的仅仅是你和克卢斯吗？"他问。

"是的，先生，"我说，"当然还有我们的妻子。"我说的是真心话。

他大声呻吟了一下。"这话你可不应该对我说。"他说。

"先生，我不明白——"我说。

"你这个笨蛋，亏你还是哈佛大学出身的，真是个不入流的货色，"他说着站了起来，"你不知道你和克卢斯两人把我国最无私、最有见识的一代公务员的名誉给毁了！我的上帝——现在谁还能管你？谁还能管克卢斯？真可惜，他坐了牢！真可惜，我们不能再给你找一份差事了！"

我也站了起来。"先生，"我说，"我没有做违法的事。"

"他们在哈佛大学教的最重要的事就是，"他说，"一个人可以遵守每一条法律，却仍是他那个时代最坏的罪犯。"

他没有说哈佛大学在何时何地教过这一条，在我听来这可是新鲜事。

"斯塔巴克先生，"他说，"你大概没有注意到，我们最近经历了一场全球性的善与恶的斗争，在这场斗争里，我们大概已经看惯了海滩上或战场上我们自己方面阵亡的勇敢无畏的将士的尸体。如今却有人来要我向一个失业的官僚表示同情，而根据他对国家造成的损失，我认为这个人应该被碎尸万段！"

"我说的不过是实话。"我轻轻地说。我一身冷汗，感到又惭愧又害怕。

"你说的只是一小部分实话，"他说，"如今却被当作全部的实话！'受过教育的、关心人民疾苦的公务员十有八九是俄国间谍。'从今以后你就会听到那些没有什么文化的老浑蛋这么说，这些骗人的政客一直认为政府应该是他们的政府，一心要把它夺回去。没有你和克卢斯这一对共生的白痴，他们是无论如何也不能把叛国和关心人民疾苦、有头脑有文化画等号的。现在请你马上给我滚出去！"

"先生。"我说。我恨不得有个地洞可钻，可是全身却像瘫了一样。

"你是那样一个傻瓜蛋，"他说，"只是由于阴差阳错，却能够把人类的进步倒拨回去一个世纪！你滚吧！"

这话真厉害。

8

这样，我就坐在监狱外面的长凳上等班车，佐治亚州的烈日炙烤着我。一辆凯迪拉克牌豪华轿车，后窗遮着浅蓝色的窗帘，沿着这条驶向空军基地总部去的车道，在中央分隔带的另一边缓缓地放慢了速度。我只能看到司机，那是个黑人，他带着疑惑的表情望着监狱。那地方显然不像是个监狱。旗杆脚下有块不起眼的牌子上面只写着："F.M.S.A.C.F.[1]，外人请勿入内。"

轿车继续往前开，一直开到四分之一英里外的一个岔道才转过弯来，在我的面前停下，它亮晶晶的车前挡板就在我的鼻子下面。我在锃亮的挡板上又看到了那个斯拉夫血统的看门老头儿。后来我弄清楚了，刚才就是这辆豪华轿车引起了弗吉尔·格雷特豪斯到来的一场虚惊。它来来回回地寻找监狱已有一些时候了。

司机下了车，问我这里是不是监狱。

1　联邦最低限度安保措施成人改造所的英文首字母缩写。

这样我就有必要说了做自由人后的第一句话。"是的。"我说。

司机是个个子高大、颇有长者风度的中年人，穿着一身棕色呢制服、黑色皮绑腿，他打开后门，对黑黢黢的车厢说话。"先生们，"他恰如其分地带着又悲哀又尊敬的口气说，"我们已到达目的地。"他胸口的口袋上用红丝线绣的字说明了他的老板是谁。这几个字是：拉姆杰克。

我后来才了解：格雷特豪斯的老朋友们为他和他的律师提供了迅速、秘密的交通工具，把他们从家里送到监狱，避免了他当众蒙羞。百事可乐公司的一辆豪华轿车天亮以前把他从他在曼哈顿的家——华尔道夫酒店——后门接走，送到拉瓜迪亚机场隔壁的海军陆战队航空站。汽车一直开到跑道上，那里有一架国际旅游公司的飞机等着他。这架飞机把他送到亚特兰大，又是一辆挂了窗帘的豪华轿车在跑道上等他，这辆轿车是由拉姆杰克公司的东南区办事处提供的。

弗吉尔·格雷特豪斯从汽车中钻了出来，他的穿戴几乎与我一模一样，一套灰色的条纹套装、白衬衣、军团斜条纹领带。我们所属团队不同，他是冷溪卫队[1]的。他像惯常那样咬着烟斗。他扫了我一眼。

接着从车里钻出来两个油腔滑调的律师——一个年轻，另一个年老。

1　英国皇家御林军的一支步兵卫队。1650年，英国军人、政治家乔治·蒙克在苏格兰冷溪组编了一支以自己姓名为名的步兵卫队。在1670年蒙克去世后，这支步兵卫队则改称为"冷溪卫队"。

司机到车后去取囚犯的行李，这时格雷特豪斯就和两个律师打量那所监狱，好像这是他们想买的一块地产似的——如果价格合适的话。格雷特豪斯目光炯炯，用烟斗学着鸟叫。他很可能以为自己是个硬汉。我后来从他的律师那里得知，他一知道自己真的要进监狱，便学了拳击、柔术、空手道等防身手段。

我听了后就对自己说："那个监狱里可没有什么人想同他打架，不过他的脊梁骨还是要被打断的。无论谁，只要第一次蹲监狱，脊梁骨都会被打断的，过一阵子就会好的，但总是与以前不同了。弗吉尔·格雷特豪斯即使是个硬汉，走路或感觉也不会如从前一样了。"

弗吉尔·格雷特豪斯没有认出我来。我坐在那里很可能就像泥地里或战场上的一具死尸，而他则是个将军，在战火稍息的当儿前来视察一下前线的大体情况。

我并不感到奇怪。不过我觉得他一定能听得到监狱里传出来的声音，我们在外面都能听得一清二楚。这是他在水门事件中最亲密的合谋者埃米尔·拉金拉开嗓门儿在唱黑人圣歌《有时候我觉得自己像个无母的孤儿》的声音。

格雷特豪斯还没来得及对这声音做出反应，附近跑道尽头就有一架战斗机凌空而起，在空中呼啸而过。以前从没听过这声音的人乍一听真的会胆战心惊。它突如其来，毫无预警，头顶上像是发出一种世界末日般的爆炸声。

格雷特豪斯、两个律师，还有那个司机都马上趴在地上。待发现是怎么一回事后，他们就爬了起来，一边掸土，一边骂着、笑着。格雷特豪斯正确地估计，有人在他看不见的地方看到他出洋相，就做了几个拳击的动作，抬头看着天空，仿佛开玩笑地说："你再来吧，老子这回有准备了。"不过这一行人并没有朝监狱走去，却像在车边等候欢迎他的人似的。我揣想，格雷特豪斯大概是想在中立地带得到对他的社会地位的最后一次承认，就像美利坚联盟国军队在阿波马托克斯投降那样。这次是监狱长当尤利西斯·S.格兰特，他本人当罗伯特·E.李。[1]

但是监狱长压根儿不在佐治亚州。要是他早些接到通知，知道这一次格雷特豪斯要来投案，他会到场的。但是他如今在亚特兰大市，出席美国假释官员协会的年会，并要在会上发言。因此由与卡特总统长得一模一样的克莱德接待格雷特豪斯一行人。克莱德从大门口出来几步，挥手叫他们过去。

克莱德笑容可掬地说："请你们都进来。"

他们就进去了，司机走在最后，提着两只皮箱和配套的盥洗包。克莱德在门口把他手中的箱子接过去，很客气地请他回到车上去。

"这儿没有你的事了。"克莱德说。

于是司机回到汽车里。他的姓名叫克利夫兰·劳斯，同我毁了的那个人的姓名"利兰·克卢斯"很难分辨。他只受过小学教育，但在车上等人时一天能看完五本书，要等的人大多数是拉姆杰克公

1　阿波马托克斯，美国弗吉尼亚州中南部一城镇。1865年4月9日，美利坚联盟国将军罗伯特·E.李在阿波马托克斯向联邦军将军尤利西斯·S.格兰特投降，美国南北战争就此结束。

司的巨头，或者该公司的主顾。他在朝鲜战争中曾被中国人俘虏，还真的到过中国，在黄海上的近海船上做过两年水手，因此中国话说得相当流畅。

克利夫兰·劳斯如今在看《古拉格群岛》，这是另一个蹲过监狱的人——亚历山大·索尔仁尼琴——对苏联监狱制度的一本纪实。

这样就留下我独自坐在长凳上，不知身在何处了。我又发了痴呆症——直瞪瞪地看着正前方，过一阵子就举起我苍老的手连拍三下。

后来克利夫兰·劳斯告诉我，要不是那三击掌，他是不会注意到我的。

可是我的三击掌引起了他的好奇，他要弄清楚是怎么回事。

我告诉他三击掌的原因了吗？没有。这话说起来太长，听起来太无聊。我只告诉他我在对过去做白日梦，凡是记起过去特别高兴的事，我就举手拍三下。

他表示愿意让我搭车去亚特兰大。

于是我获得自由才半小时就坐上了一辆豪华轿车的前座。这个开头总算挺顺利。

要是克利夫兰·劳斯不请我坐他的车子去亚特兰大，他就永远当不上今天的拉姆杰克公司交通部的人事主任。交通部拥有自由世界的豪华轿车服务、出租车车队、租车公司、停车场和车库。你甚至可以从交通部租家具。很多人都这么做。

我问他，他的客人对我搭车去亚特兰大会不会有意见。

他说他以前并不认识他们，以后也不想再见到他们，他们不是拉姆杰克公司的人。他还调皮地加了一句，他到了这里才知道主要乘客是弗吉尔·格雷特豪斯。在这以前，格雷特豪斯一直戴着假胡须进行伪装。

我扭过脖子看了一下后座，假胡须就在那里，它的一只耳套挂在车门把上。

克利夫兰讲笑话说，格雷特豪斯的两位律师恐怕不一定会出来。"瞧他们打量那监狱的样子，"他说，"我觉得他们仿佛是在试尺寸。"

他问我以前是否坐过这样的高级轿车。为了减少麻烦，我说"没有"。其实我小时候常常坐在亚历山大·汉密尔顿·麦科恩的各种高级轿车前座，我父亲的身边。年轻的时候，我还没有上哈佛大学，就常坐在后座麦科恩先生的身边，有玻璃隔板将我和前座的父亲隔开。当时我并不觉得这样隔开有什么奇怪或者有什么暗示。

在纽伦堡的时候，我又是那辆奔驰牌旅行车的主人。不过那是一辆敞篷车，即使车后盖和后窗上没有弹孔也已够邪气的了。在巴伐利亚人的眼中，那辆车赋予我的社会身份如同海盗一样——暂时占有这个一定会一再易手的赃物的主人。不过，在监狱外面坐进高级轿车中以后，我忽然想起我已有将近四十五年没有坐过这种车子了！尽管我在政府中职位升迁很快，可从来没有专用车，在三次升迁中自己从来没有购置过一辆，甚至没有偶尔用过一次。我也没有讨得上司如此欢心，使他对我说："年轻人——这个问题我还想同你谈一谈，上我的车吧。"

而利兰·克卢斯虽然没有自己的车，却常常坐在对他表示青睐的老头儿的车里。

没关系。

要心平气和。

克利夫兰·劳斯说，他觉得我说话像个受过教育的人。

我承认我上过哈佛大学。

这使得他告诉我，他在朝鲜当过俘虏，因为主管他所在战俘营的中国少校也是哈佛大学出身。那位少校大概与我同龄，甚至可能与我同届，但是我从来没有同中国同学交过朋友。据劳斯说，那个中国少校念的是物理和数学专业，因此我是不可能认识他的。

"他爸爸是个大地主，"劳斯说，"后来跪在村里的佃户们面前，被砍了脑袋。"

"从那以后做儿子的当了共产党？"我问。

"他说他爸爸真的是个坏地主。"他说。

"唉，"我说，"这大概就是你眼中的哈佛大学吧。"

这个哈佛大学出身的中国人同克利夫兰·劳斯交了朋友，战争结束后劝劳斯去中国，别回佐治亚州。劳斯小的时候，他的一个表哥曾经被一批暴民活活烧死，他的父亲有一天晚上被三K党拉出去用鞭子抽打，他本人因两次去投票站登记而挨了揍，那是在他当兵之前。因此他很容易听进甜言蜜语。我在前面已经说过，他在黄海上当了两年水手。他说他爱过几次人，但没有人爱他。

"那么是什么把你送回来的？"我问。

他说是教堂音乐，不是别的。"那里没有人同你一起唱教堂音乐。"他说，"还有吃的东西。"

"吃得不好？"我说。

"吃得不差，"他说，"可是不是我愿意和人讨论的那种吃的。"

"怎么讨论？"我说。

"你不能光吃，"他说，"你还得说说吃的。你得同懂得那样吃的人说说吃的。"

我祝贺他学会了中国话，他答道他现在再也做不到当时的学法了。"我现在懂得太多了，"他说，"我当时因为无知，不懂得学中国话有多难。"

他决心要回国时，中国人并没有难为他。他们很喜欢他，他们还想办法通过迂回的外交途径打听他回国后会受到什么样的对待。当时美国在中国没有代表，美国的一些盟国也没有，相关信息是通过莫斯科转达的，当时苏联同中国保持友好。

是啊，这个前一等兵黑人在军事上的专长不过是为重型迫击炮搬运底板，结果却惊动了最高级别的外交官为他进行谈判。美国人要把他弄回来，目的是惩罚他。中国人说惩罚是可以的，但时间要短，仅仅是象征性的，要让他马上恢复正常的平民生活，否则他们就不让他回国。美国人要求劳斯做某种公开的解释，说明他为什么回国；然后要对他进行军法审判，处以三年以下的有期徒刑，开除军籍，取消一切积欠薪饷和补贴。据说劳斯已保证决不发表任何不利于中华人民共和国的言论，因为中国待他很好。中国人还坚持不能判劳斯任何期限的徒刑，他在当俘虏房间积欠的薪饷和补贴都要发还给他。美国人答称，得关他一阵子，任何国家的军队都不能让逃兵不受惩罚。他们想在审判前关押他，然后判处他与做俘虏时间相等的有期徒刑，并以做俘虏的时间相抵，然后放他回家；发还积欠薪饷和补贴是不可能的。

谈判结果就是这样。

"你知道，他们要我回国，"他对我说，"因为他们很尴尬。哪怕只有一个美国人，哪怕他是黑人，哪怕他有一分钟认为美国也许并不是世界上最好的国家，他们也不允许。"

我问他有没有听说过罗伯特·芬德医生的事，那位医生在朝鲜战争中被判叛国罪，如今就在监狱里面为弗吉尔·格雷特豪斯丈量身材尺寸，以便发合适的囚衣给他。

"没有，"他说，"我从来不管别人的事。我从来不认为这种事像什么俱乐部似的。"

我问他有没有见过神话般的人物，如拉姆杰克公司最大的股东杰克·格雷厄姆夫人。

"这等于是问我有没有见过上帝。"他说。

那时，寡妇格雷厄姆夫人已有五年不公开露面了。她最近一次露面是在纽约的一个法庭上，因为有一批股东控告拉姆杰克公司，要它证明她仍活着。我记得报上的记载使我妻子感到很有兴趣。

"这就是我爱的美国，"她说，"为什么不能一直这样？"

格雷厄姆夫人没有带律师就上了法庭，却带了八个穿制服的保镖，那是她从拉姆杰克一家子公司平克顿侦探事务所要来的。其中一个保镖手上拿着一只话筒和一个扩音器。格雷厄姆夫人披了一件宽大的黑色长袍，头上蒙了头罩，前面用别针别住，这样她可以从里面看到外面，别人却不能从外面看进去。人们能够看到的只有她的手。另外一个保镖带着印台、纸张、从联邦调查局取来的她的指纹样。一九五二年她丈夫死后不久，她因在肯塔基州法兰克福酒驾被捕，就留下了指纹样，被送到了联邦调查局。当时她被暂时释放，以观后效。我当时也刚被政府辞退。

扩音器打开了，话筒塞进了她的头罩，这样大家就可以听见她在说些什么。她当场按了手印，让他们把她的手印同联邦调查局的指纹样核对，证明她就是她自称的那个人。然后她宣誓，声称本人身心健康，能够统辖公司的高级负责人，但从来不是用面对面的方式。她用电话向他们发出指示，用一句暗号表明自己的身份。暗号会不定期更换。我记得当时在法官的要求下，她举了一个例子，这句暗号充满了魔力，使我至今犹牢记不忘。这就是"鞋匠"。她通过电话下达的指示后来都有她的亲笔信证实。每封信的末尾不仅有她的签名，还有她八根小小的手指和两根小小的大拇指的全套手印。她叫作"我的八根小小的手指和两根小小的大拇指"。

这就够了。格雷厄姆夫人无疑还活着，如今她又可以自由自在地销声匿迹了。

"我多次见到过利恩先生。"克利夫兰·劳斯说。他指的是拉姆杰克公司董事长兼总裁阿帕德·利恩先生，他是个十分爱抛头露面和发表意见的人。后来我和克利夫兰·劳斯两人都当上拉姆杰克公司的高级职员时，他就成了我们上司的上司。我现在可以说，阿帕德·利恩是我有幸能为之效劳的最能干、最懂行、最杰出、最知人的上司。他是个善于收购其他公司并阻止它们倒闭的天才。

他常说："如果你同我合不来，那就没人能和你合得来了。"

这话不假，一点儿不假。

劳斯说，阿帕德·利恩两个月前才来过亚特兰大，坐过他的汽车。因为亚特兰大有一些新开张的商店和豪华酒店破产了，利恩想为拉姆杰克公司把它们买下来。可是，韩国的一个教派出价比他高，抢了先。

劳斯问我有没有子女。我说我有个儿子在《纽约时报》工作。劳斯听了笑道，他和我的儿子如今受雇于一个老板：阿帕德·利恩。原来我错过了那天早上的新闻广播，因此他向我解释，拉姆杰克公司刚刚收购了《纽约时报》及其子公司——世界上第二大猫粮公司。

"利恩先生在这里的时候，"劳斯说，"他就告诉我会发生这件事。他想要的是猫粮公司，而不是《纽约时报》。"

两位律师爬进了汽车的后座。他们一点儿也不安静。他们在笑那个像美国总统的看守。一个说："我真想对他说：'总统先生，您为什么不就在这里马上宣布赦免他呢？他已吃够了苦，您如果马上宣布赦免他，他今天下午还来得及去打高尔夫球。'"

一个试了试假胡须，另一个说他像卡尔·马克思，如此等等。他们一点儿也不关心我。克利夫兰·劳斯告诉他们，我是来探望我儿子的。他们问我，我的儿子为什么入狱，我说："邮件诈骗。"谈话就到此结束。

我们就这样去了亚特兰大。我记得，我面前有个奇怪的东西被吸盘粘在杂物箱上。从吸盘那里凸出来对着我胸口的，是一根一英尺长的绿色水管似的东西。管子的末端是一个白色塑料轮子，有餐盘那样大。我们的车子一开动，塑料轮子就开始对我催眠，它随着我们的颠簸而上下晃动，随着车子的拐弯而左右晃动。

因此我就问这是什么。原来这是个玩具方向盘。劳斯有个七岁的儿子，有时跟他一起出差。小孩子就用这个塑料方向盘假装开汽车。我自己的儿子小时候还没有这种玩具。不过话说回来，他不见得喜欢这种玩具。小沃尔特七岁的时候就不愿同父母一起出去了。

我说这个玩具设计得很妙。

劳斯说，这个玩具可能很惊险刺激，特别是如果掌握真正方向盘的人喝醉了酒，险些同迎面而来的卡车相撞，或者刚刚擦过停着的汽车，等等。他说应该在美国总统就职典礼上送他一个这样的方向盘，让他和大家都知道，他能做的事也就是假装掌握方向盘而已。

他在机场让我下了车。

去纽约的飞机都满座了，我到那天下午五点才离开亚特兰大。我倒无所谓。我没有胃口，就没有吃午饭。我在厕所捡了一本平装本的书，读了一会儿。这是关于一个心狠手辣、成为国际大公司首脑的人的故事。女人们都倾心于他，但他却不把她们放在眼里，可是她们仍围着他转。他的儿子是个瘾君子，女儿是个色情狂。

我看书时被一个法国人打断过一次，他对我说法语，指指我的左边衣领。我开始以为我又把衣服烧了个窟窿，尽管我已不抽烟了。后来我才明白，我仍佩着那条窄窄的红绶带，表明我是一位法兰西荣誉骑士。可悲的是，在整个审讯期间我都佩着它，一直到我进了监狱。

我用英语告诉他，这是同二手衣服一起买来的，我不知道它标志着什么。

他的态度马上冷淡起来。"请允许我摘下来，先生。"他说，一把就把那绶带从我衣领上扯下来，好像那是只小虫似的。

"谢谢。"我说，又回过头来看书。

飞机上终于有了一个空座，广播里喊了我几次："沃尔特·F. 斯塔巴克先生，沃尔特·F. 斯塔巴克先生……"这个名字一度臭名远扬，但是如今我看不到有人露出似曾相识的迹象，扬起眉毛来想一想这是谁。

两个小时以后，我就在曼哈顿岛上了，穿着军用雨衣抵御夜晚的寒气。太阳已下山。我呆呆地望着一家专售玩具火车的商店橱窗里的宣传动画。

我并不是没有地方可去。我已走近要去的地方。我事先写了信。我订了一个没有淋浴间和电视的房间，为期一周，预付房钱——那是以前一度很时髦的阿拉帕霍酒店，现在却是距时代广场只有一分钟路程、藏污纳垢的下等客栈了。

<u>9</u>

我以前住过一次阿拉帕霍酒店，那是在一九三一年的秋天。那时人们还在钻木取火。阿尔伯特·爱因斯坦预言了车轮的发明，但无法用普通人都能听懂的语言说清它将会是什么形状和有什么用途。当时的总统是一个采矿工程师——赫伯特·胡佛。当时销售含酒精饮料是违法的。我当时是哈佛大学一年级学生。

我是根据我的恩主亚历山大·汉密尔顿·麦科恩的指示在行事。他写信告诉我，要我重演一次他当大学一年级学生时的荒唐事，那就是带一个漂亮姑娘去纽约观看哈佛大学与哥伦比亚大学的足球赛；然后在阿拉帕霍酒店有名的餐厅把一个月的零花钱花在两个人的一顿大龙虾晚餐上，还有牡蛎和鱼子酱等下酒；最后还要去跳舞。"你一定要穿小礼服，"他说，"你一定要像一个喝醉了的水手那样大手大脚地给小费。"他告诉我钻石大王吉姆·布雷迪有一次同人打赌，一口气吃了四打牡蛎、四只龙虾、四只鸡、四只雏鸽、四块嫩牛排、四块猪排、四块羊排。莉莲·拉塞尔[1]在旁观看。

麦科恩先生写那封信时可能喝醉了。"只用功不玩，"他说，"孩子要傻的。"

我带去玩的姑娘，是我同宿舍同学的孪生妹妹，后来成了我这辈子真正爱过的四个女人之一。第一个是我母亲，最后一个是我妻子。

那姑娘的名字叫萨拉·怀亚特。她当时才十八岁，我也是。她就读于马萨诸塞州威尔斯利一家供富家女上学的课程轻松的两年制女子大学，叫松树庄园学院。她家住在波士顿北面普莱兹路口，去格罗斯特的路上。我们一起在纽约市的时候，她暂住在她外祖母家，一个股票经纪人的寡妇的家里。那是块奇怪的地方，尽是死胡同、小公园和伊丽莎白时代的公寓式酒店，名叫"都铎城"，靠近伊斯特河，实际上跨越四十二号街。真巧，我儿子现在也住在都铎城，还有利兰·克卢斯先生及其太太。

世界真小。

一九三一年，那天我坐车到都铎城公寓去接萨拉到阿拉帕霍酒店去玩时，都铎城还相当新，但已经破产了，楼里几乎空着，没有什么人住了。我穿着一套克利夫兰最好的裁缝为我量身定制的礼服。我有一只银烟盒和一个银打火机，都是麦科恩先生送给我的。我的皮夹子里有四十美元。在一九三一年，有四十美元现金，就可以把整个阿肯色州买下来了。

---

1 活跃于19世纪末20世纪初的一位美国演员和歌手。

我们又要涉及身材大小的问题了。萨拉比我高三英寸，但她不在乎。我到都铎城去接她时，她穿着高跟鞋搭配她的晚礼服，由此可见她根本不在乎。

她毫不在乎我们两人个子高矮的不相称，还有一个更有力的证据：七年后萨拉·怀亚特答应嫁给我。

我到的时候她还没有打扮好，因此我得同她外祖母萨顿夫人聊一会儿。萨拉那天下午在看足球赛时就警告过我，不能向萨顿夫人提起自杀的事，因为萨顿先生就是在一九二九年股票市场崩盘时从他在华尔街的办公室窗户跳楼自杀的。

"萨顿夫人，您这屋子真不错。"我说。

"只有你一个人这么想，"她说，"太挤。厨房里烧什么，你在这里都闻得到。"

这套公寓只有两间卧室。她真是落魄了。据萨拉说，萨顿夫人以前在康涅狄格州有个养马场，在第五大道上有所宅邸，如此等等。

小小门厅的墙上挂满了大崩盘前赛马得来的蓝缎带。"您赢过不少蓝缎带。"我说。

"不对，"她说，"是马赢来的。"

我们坐在起居室中央一张牌桌边的两把折叠椅上。没有沙发，没有卧榻。屋子里摆满了各式各样大大小小高脚矮脚的橱柜、桌子、大衣柜、小衣柜、威尔士梳妆台、落地钟等，我连窗户都找不到。结果发现她还收留了佣仆，他们全都十分年老。一个穿制服的女仆开门让我进去后，就隐身到两个气派吓人的大立柜中间的夹缝中去了。

这条夹缝里如今出来了一个也穿制服的司机，问萨顿夫人晚上是不是要坐"电瓶车"上哪儿去。那时节似乎许多人，特别是老太太，都有电瓶车。它们看上去像安了车轮的电话亭，车底盘下是极重的电瓶，最快速度是每小时十一英里，每开三十英里左右就得充电。那些电瓶车像帆船一样，是用舵柄驾驶的，而不是用方向盘。

萨顿夫人说，她不上哪儿去，于是老司机就说，那么他就回酒店去了。另外还有两个仆人，我没有瞧见。她们都要到酒店里去过夜，以便让萨拉用本来是她们睡的那间卧室。

"我想你一定觉得这里的一切都像临时安排的吧。"萨顿夫人对我说。

"不，夫人。"我说。

"这些是相当永久性的，"她说，"没有别人的话，我完全没有办法改善我的处境，我是这样被养大的，我是这样被教育大的。"

"是啊，夫人。"我说。

"穿着像你这身漂亮礼服的人，除了对英国女王，对谁也不应该称呼'夫人'。"她说。

"我一定记住。"我说。

"当然啰，你还是个孩子。"她说。

"是啊，夫人。"我说。

"再跟我说一遍，你同麦科恩家有什么亲戚关系。"她说。

我从来没有告诉过谁，我同麦科恩家有什么亲戚关系。我常说的是另外一个谎话，这个谎话像其他有关我的事情一样，是麦科恩先生想出来的。他说，承认我父亲一文不名，也许是容易为人所接受的，甚至是时髦的；可是承认自己的父亲是个仆人，那就不行。

这个谎话，我现在告诉萨顿夫人，是这样的："我父亲为麦科恩先生工作，是他的艺术藏品的保管人，他也向麦科恩先生提些收购的意见。"

"一个有教养的人。"她说。

"他在欧洲学过艺术，"我说，"他不是做买卖的。"

"一个梦想家。"她说。

"是的，"我说，"要不是麦科恩先生，我上不起哈佛大学。"

"斯塔巴克，"她想着说，"我想这是南塔克特的一家名门。"

对此我也有准备。"是的，"我说，"不过我的曾祖在淘金热的时候离开了南塔克特，以后就没有回去过。我将来一定要到南塔克特去看看以前的记录，看看能否对得上。"

"原来是加利福尼亚的家族。"她说。

"实际上是到处为家，"我说，"是啊，加利福尼亚，不过也去过俄勒冈州、怀俄明州，还去过加拿大，甚至去过欧洲。不过他们都是读书人——当老师，或者别的职业。"

我成了纯粹的燃素[1]——很久以前一种想象中的元素。

"捕鲸船长的后代。"她说。

"我想是吧。"我说，说起谎来我丝毫没感到不自在。

"在这以前是北欧海盗。"她说。

---

1 过去的化学家们认为，火是由无数细小而活泼的微粒构成的物质，这种微粒就是"燃素"。

我耸耸肩。

她很喜欢我——而且一直到死都如此。萨拉后来告诉我，萨顿夫人常常管我叫作她的小海盗。她没有活到萨拉同意嫁给我而又抛弃了我。她死于一九三七年前后——死时身无分文，屋子里除了一张牌桌、两把折叠椅、一张床，别无长物。为了养活自己和老仆人，她把什么都卖了，因为她们离开她就没有地方可去，没有饭吃。她比她们都死得晚。女仆蒂莉在仆人中死得最晚。蒂莉死后两星期，萨顿夫人也弃世了。

回到一九三一年，我在等候萨拉梳妆打扮的时候，萨顿夫人告诉我，麦科恩先生的父亲，即凯霍加桥梁与钢铁公司的创建人，在她童年时代度过夏天的地方——缅因州的巴尔港——造了一所最大的房子。房子落成时，他办了一个大型舞会，有四个乐队，可是没有一个人去参加。

"那样冷落他，似乎很棒、很有气度。"她说，"我记得我在第二天很高兴。我如今不由得奇怪，我们当时是不是有点儿疯了——我不是说不去参加舞会或者伤害丹尼尔·麦科恩的感情，因为丹尼尔·麦科恩完全是个令人讨厌的人，而是我们以为上帝在看着并赞赏我们的行动，因为我们冷落了丹尼尔·麦科恩而在他身边给我们留了座位。"

我问他麦科恩家在巴尔港的宅邸后来怎么样了，我的恩主从来没有向我说起过。

"麦科恩先生和太太第二天就从巴尔港销声匿迹了，"她说，"带着他们的两个儿子，我想。"

"是的。"我说。一个儿子成了我的导师，另一个儿子成了凯霍加桥梁与钢铁公司的董事会主席兼总裁。

"一个月后，"她说，"在劳动节前后——虽然当时还没有劳动节——夏天快过完时，来了一列专车。那列专车大约有八节货运车厢和三节装满工人的客运车厢，都是从克利夫兰来的。他们大概是麦科恩先生厂里的工人，脸色多么苍白！我记得，他们几乎都是外国人——德国人、波兰人、意大利人、匈牙利人。谁分辨得出？巴尔港可从来没有过这样的人。他们睡在火车上，吃在火车上，像牲口一样被装在卡车上从车站拉到宅邸，后来又被装在卡车上拉回车站。他们只搬宅邸里最好的艺术宝藏——博物馆里才有的油画、雕像、挂毯、地毯。"萨顿夫人睁大眼睛，"唉，上帝，他们搬走的是些什么东西呀！接着工人就把窗户、门、天窗上的玻璃全都卸走。他们还卸走了屋顶上的瓦片。我记得有一块瓦片掉下来，把一个工人砸死了。他们在剥了瓦片的屋顶上钻了洞。他们把玻璃和瓦片也都装在火车上拉走了，这样这房子就无法修复，最后这些工人也走了。没有人同他们说过话，他们也不同别人说话。"

"他们走得很离奇，看到的人都忘不了，"萨顿夫人说，"那时候火车是很新鲜的玩意儿，又是鸣笛，又是打铃，在火车站上弄得闹哄哄的。但是那列克利夫兰来的火车离开时快得像鬼一样无声无息。我想司机一定奉丹尼尔·麦科恩之命没有鸣笛打铃。"

这样，巴尔港最豪华的宅邸和它大部分的装饰，还有床上铺着的床单、毛毯、鸭绒被，柜子里放的瓷器和水晶器皿，地窖里藏着的上千瓶美酒佳酿，就这样逐渐衰败。

萨顿夫人闭上眼睛，想起了那宅邸一年年的衰败。"对谁都没有好处，斯塔巴克先生。"她说。

年轻的萨拉如今从家具夹缝中出来，她终于梳妆打扮好了。她还戴了我送的两朵兰花，这也是亚历山大·汉密尔顿·麦科恩的主意。

"你真美丽！"我说着狂喜地从折叠椅上站起来。真的，她身材苗条，亭亭玉立，一头金发，眼睛碧蓝，她的皮肤光滑得像绸缎，牙齿洁白得像珍珠。不过她像她外祖母的牌桌一样不性感。

在此后七年中，情况一直如此。萨拉·怀亚特认为男女间的事就像滑跤一样很容易避免。要避免它，她只需让未来的求爱者知道他要对她做的事是多么好笑就行了。我第一次吻她是一周以前在威尔斯利，我突然发现自己像大号一样被她吹着。萨拉笑得浑身颤抖，嘴唇却仍紧紧贴着我。她挠了挠我，把我的衬衫尾部拉出来，弄得我狼狈不堪。真可怕。而且她的笑声也没有少女般紧张的性感，就是男人希望用柔情和肉欲来控制的那种东西。她的笑声是有些人在看马克思兄弟[1]的喜剧片时的畅怀大笑。

有一个词现在不断地冒头要我用上：蠢货。

这实际上是个哈佛大学同学说的，他也请萨拉出去玩过，我记得顶多只有两次。我问他对她的看法，他悻悻地说："蠢货！"他叫凯尔·丹尼，是费城来的一个足球运动员。最近有人告诉我凯尔在日本人轰炸珍珠港那一天在浴缸里摔死了。他的脑袋磕在水龙头

---

1 20世纪美国著名喜剧团体。

上，开了花。

因此我可以十分精确地记得凯尔·丹尼的忌日：一九四一年十二月七日。

"你的确很好看，亲爱的。"萨顿夫人对萨拉说。她老得可怜，大概比我现在小五岁。我以为她因为萨拉的美丽而要哭了，还要说些美丽只能维持几年就完了，等等。可是她很聪明。

"我觉得很蠢。"萨拉说。

"你不觉得自己美？"她外祖母问。

"我知道我长得美，"萨拉说，"我对着镜子看，心里想：'我真美。'"

"那么有什么不对呢？"她外祖母问。

"长得美真蠢，"萨拉说，"有人丑，我却美。沃尔特说我美，你说我美，我说我美。人人说，'美，美，美'，你不免会想这是怎么回事，有什么好乐的。"

"你的美使人快乐。"她外祖母说。

"你使我快乐。"我说。

萨拉笑道："这真蠢、真傻。"

"你也许不该想这么多。"她外祖母说。

"这就像叫一个矮子别想他是个矮子。"萨拉说着又笑了。

"你不该再说什么一切都很蠢、很傻。"她外祖母说。

"一切的确是又蠢又傻。"萨拉说。

"你长大后会知道不是这样的。"她外祖母说。

"我觉得年纪大的人都假装明白世界上的事，什么都很严肃正经，都很好，"萨拉说，"其实大人并没有发现什么我所不知道的新东西。也许，要是大家年纪大了以后不那么严肃正经，我们如今就不会有经济大萧条了。"

"一天到晚笑没有好处。"她外祖母说。

"我也能哭，"萨拉说，"你要我哭吗？"

"不，"她外祖母说，"我不想再听了。你同这个好小伙子出去，痛痛快快地玩去吧。"

"我对着那些涂钟面的可怜女工就笑不出来，"萨拉说，"这是我笑不出来的一件事。"

"没有人要你这样做，"她外祖母说，"快去吧。"

萨拉说的是当时很出名的一桩工业悲剧。萨拉的家庭也被卷在中间，很不痛快。萨拉告诉过我，她对这件事感到很不痛快——她的哥哥（我的舍友）、她的父母都告诉过我。悲剧发展得很慢，但一旦开始就止不住。它开始于萨拉的家族产业怀亚特钟表公司，这家公司设在马萨诸塞州的布罗克顿，是美国历史最悠久的公司之一。这个悲剧是可以避免的。怀亚特家从来没有想过辩解，也没有雇律师辩解过。这是不能辩解的。

事情是这样的：在十九世纪二十年代，美国海军给了怀亚特公司一份合同，制造几千只标准化的舰上用钟。这些钟要可以在黑暗中看清钟点，钟面黑色，指针和数字要手工涂上含有放射性元素镭的白漆。大约有五十个布罗克顿的妇女，大多数是该公司职工的亲属，被雇来上漆。这是她们赚些外快贴补家用的机会，家里有幼小子女的妇女还可以带活儿回到家里做。

后来这些妇女都惨死了，或者快要惨死了，她们的骨头碎裂，脑袋烂掉，原因是镭中毒。根据法庭上的证词，工头告诉她们，要使小刷子的头保持尖细，得不时地用嘴唇把它舔得尖尖的。

真是命运作怪，这些不幸妇女之一的女儿，后来却成了这个世界上我曾经爱过的四个女人之一——其余三个分别是我的母亲、我的妻子和萨拉·怀亚特——这个女人的名字是玛丽·凯瑟琳·奥卢尼。

10

我只把露丝称为"我的妻子"。可是如果在最后审判日[1]，萨拉·怀亚特和玛丽·凯瑟琳·奥卢尼也被算作我的妻子，我并不会感到奇怪。我同她们两人都交往过，同玛丽·凯瑟琳在一起约有十一个月，同萨拉断断续续有七年。

我可以听到圣彼得对我说："看来，斯塔巴克先生，你还是个像唐璜那样的情圣呢。"

因此，我在一九三一年大摇大摆地走进了阿拉帕霍酒店的结婚蛋糕式的大厅，臂上挽着怀亚特钟表公司女继承人——美丽的萨拉·怀亚特。不过那时候她的家里几乎已像我家那样一贫如洗了。她家里留下的一点点钱很快就要赔给还没死的为舰上用钟上漆的女人们了。大约一年后，美国联邦最高法院对于雇主因无视职工健康

---

1 也称"大审判""末日审判"，基督教的末世观念，认为世界将有最后的终结，所有人都将接受上帝的审判。

而造成死亡应负的责任，做出了具有里程碑意义的裁决，使得赔偿不可避免。

十八岁的萨拉对阿拉帕霍酒店的大厅有这样的评语："这么脏——这里没有人。"她笑道："我喜欢它。"

那时候，在阿拉帕霍酒店肮脏的大厅里，萨拉·怀亚特不知道我是一本正经地在按亚历山大·汉密尔顿·麦科恩的命令办事。她后来对我说，她听我说我们都要穿礼服时还以为我是开玩笑呢。她以为我们是按万圣节的风俗穿戴得像百万富翁。她以为我们会笑个没完，像电影里的人一样。

一点儿也不是。我是一个机器人，按照输入的程序，举止要像一个真正的百万富翁那样。

唉，要是能重返青春该多好！

如果不是有人想要收拾而又半途而废，阿拉帕霍酒店门厅里的肮脏，可能不会这样明显。一道墙边靠着一架高高的木梯，木梯脚下有一桶脏水，水面上漂着一把刷子。显然有人提了那桶水爬上了木梯，在上面伸手可及的地方洗刷了墙。于是有一圈干净的地方，下面就流着脏水，这一圈干净的地方像收获季节的月亮一样明亮。

我不知道是谁创造了这"月亮"。没有人可问。门口没有看门的欢迎我们，里面没有小厮和客人。远处的柜台上也没有接待的人。报亭和剧场售票亭都关了门。无人管理的电梯由椅子撑着门。

"我想他们大概已经停业了。"萨拉说。

"电话里的那个人接受了我的订座，"我说，"他称我

'monsieur'[1]。"

"电话里谁都可以称谁'monsieur'。"萨拉说。

这时我们听到不知什么地方传来了吉卜赛提琴的泣诉——悲切得好像它的心都要碎了。如今我在记忆中还能听到那提琴发出的哀吟声，我可以补充一点儿情况：当时希特勒还没有上台，但不久之后就下令把他的军队和警察所能搜捕到的吉卜赛人都杀掉了。

音乐是从门厅的折叠屏风后传来的。萨拉和我大胆地把屏风从墙前挪开。我们的面前是两扇法式落地窗的门，上面有一把挂锁把门反锁住了。窗上不是玻璃，而是镜子，从镜子里面可以看出我们两个人是多么不懂事、多么有钱。但是萨拉发现有一面镜子上涂的水银有毛病，她从隙缝中间窥视过去，回过头来叫我也去看一眼，我看得目瞪口呆。我仿佛是在窥看时间机器的多棱镜。在法式落地窗的那一边是阿拉帕霍酒店著名餐厅的本来面目，连吉卜赛提琴手也不少，几乎与钻石大王吉姆·布雷迪时代分毫不差。吊灯和餐桌上的无数蜡烛成了千千万万的灿烂的星星，因为那里有许多银器、水晶、瓷器、镜子的反射。

原来事情是这样的：酒店和餐厅尽管在距时代广场一分钟路程的同一幢楼里，却各有其主。酒店已歇业了，不再接待客人，而餐厅却装修一新，老板认为经济崩溃的时间不会很长，只不过是做生意的人一时慌张所造成的。

萨拉和我走错了门。我把这话告诉萨拉，她的答复是："这就

1　法语，指先生。

是我的一生。我总是先走进那扇错的门。"

于是萨拉和我又出去，走进另一扇门，到那有吃喝的东西等待我们的地方。麦科恩先生叫我事先点好菜。我做了。老板亲自招待我们。他是法国人。他小礼服的衣领上佩着一个装饰品，我不知道是什么，但是萨拉知道，因为她父亲也有一个。她后来告诉我，这代表他是荣誉骑士。

萨拉在欧洲度过好几个暑假。我从来没有去过。她的法语很流利，因此她就和老板用世界上最悦耳的语言表演了一出对唱。要是没有女人当我的翻译，我这一辈子真不知道怎么过。我爱过的四个女人中，只有玛丽·凯瑟琳·奥卢尼只会说英语。但是当我在哈佛大学当共产党时，为了同美国工人阶级的成员交谈，玛丽·凯瑟琳也当过我的翻译。

餐厅老板用法语告诉萨拉，她又告诉我，大萧条不过是一时慌张。他说等民主党人当了总统，酒精饮料就又会合法的，生活又会好玩的。

他将我们带到预订的桌边。我估计，餐厅大概可以坐一百个人，但当时只有十几个客人。他们总算还有些现款。如今我想回忆起他们的模样，猜一猜他们究竟是谁时，我的脑海里老是出现乔治·格罗斯画的第一次世界大战后苦难的德国的一些大腹便便的富翁。我在一九三一年还没有见到过这些画。我什么都没有见识过。

我还记得有一个面孔虚胖的老太婆，独自在吃饭，脖子上戴着一个钻石项圈。她的怀里抱着一只京巴狗。那只狗也戴着钻石项圈。

我还记得有个干瘪的老头子，低头在那里吃饭，用胳膊把吃的遮起来。萨拉低声说他吃饭的样子好像那顿饭是一副A打头的同花牌。我们后来才知道他吃的是鱼子酱。

"这地方一定很贵。"萨拉说。

"别发愁。"我说。

"钱真是个奇怪的东西，"她说，"它对你有意义吗？"

"不。"我说。

"有钱的人，没有钱的人，"她沉思道，"我想谁都不知道是怎么回事。"

"一定有人知道。"我说。我现在不再信那个了。

我如今以一家庞大的国际公司的负责人身份还可以补充一句，在我国经济下混得不错的人从来没有想过这到底是怎么回事。

我们都是猩猩。我们都是人猿。

"麦科恩先生知道大萧条还要持续多久吗？"她问。

"他对做生意的事一窍不通。"我说。

"既然他一窍不通，那么他怎么仍那么有钱呢？"

"他的哥哥掌管一切。"我说。

"我真希望我父亲也能有个人帮他掌管一切。"她说。

我知道她父亲的事业很不顺利，她的哥哥，也就是我的舍友，这学期完了就要退学了。他后来再也没有回学校。他到一家肺结核疗养院去当打杂工，后来自己也患上了肺结核。这样一来，第二次世界大战他就没有参军，而是到波士顿一家船厂去当了锻工。我后来同他失去了联系。至于萨拉，我后来经常看到她，据她告诉我，他在一九六五年死于心脏病——死在他位于科德角的山维治小村子里独自经营的一家乱七八糟的锻工小车间里。

他的名字叫拉德福德·奥尔登·怀亚特。他一直没结婚。据萨拉说，他已有多年没洗过澡了。

老话说："富不过三代。"

不过对怀亚特家来说，财运却不止十代。他们至少有十代之久，比大多数同乡要有钱。萨拉的父亲如今把他祖先攒积的一切珍宝都以最低价卖掉了——英国的锡器，保罗·里维尔的银器，怀亚特几代当船长、商人、牧师、律师的先辈的画像，对华贸易中得来的珍宝。

"看到我父亲一直这么消沉真难受，"萨拉说，"你父亲也消沉吗？"

她指的是我虚构中的父亲，麦科恩先生收藏的艺术品的保管人。我当时可以很清楚地想象他的样子，如今却不行了。"不。"我说。

"你真幸运。"她说。

"我想是吧。"我说。我真正的父亲的确境况不坏。我母亲和他把他们赚的钱几乎全攒下来了，而且他们存钱的银行也没有倒闭。

"要是大家对金钱都不在乎，那就好了，"她说，"我一直对我父亲说，我对金钱一点儿也不在乎。我不能再到欧洲去了，我也不在乎。我不喜欢上学。我再也不想去上学了。我现在什么也不学。我们卖掉了游艇，我很高兴。反正我已经玩腻了。我不需要做新衣服。我的衣服够我穿一百年了。他就是不信我的话。'我对不起你，我对不起大家。'他这么说。"

附带一提，她的父亲在怀亚特钟表公司并不管事。但这并不能减轻他在镭中毒案件中的责任。他在昔日美好时光中的主要活动是做马萨诸塞州最大的游艇经纪人。这个买卖到一九三一年当然也完全关门了。这个买卖也留给了他"堆积如山的没有讨回来的和没有付清的账单"——他有一次这么告诉我。

他也是哈佛大学出身——一九一一届游泳队所向无敌的队长。他破产以后就不再工作，由他妻子供养，她在家里开了一家送菜上门的饭馆。他们死时身无分文。

因此我不是第一个要由妻子供养的哈佛大学毕业生。

要心平气和。

萨拉在阿拉帕霍酒店对我说，她情绪低落，深感抱歉，她明白我们是来寻欢作乐的。她说她一定要打起精神来寻欢作乐。

这时侍者在老板的指点下把第一道菜端了上来。这是麦科恩先生在遥远的克利夫兰点的，每人半打牡蛎。我以前从来没有吃过牡蛎。

"Bon appétit[1]！"老板说。我高兴极了。以前从来没有人对我这么说过。我很高兴能够不用翻译就听懂一句法语。我在克利夫兰公立中学学过四年法语，可是却从来没有碰到过一个能说我在那里学到的法语方言的人。这也许是法印战争时易洛魁雇佣军说的法语。

1　法语，意思是"祝你有个好胃口"，一般在用餐前说。

如今吉卜赛提琴手来到了我们桌边。他装出一副很帅的样子演奏，盼望别人赏他小费。我记起麦科恩先生吩咐我的话，给小费要大方。我以前还没有给过小费。因此在他演奏的时候，我偷偷地掏出皮夹子，从里面取出一张我以为是一美元的钞票。在当时，一个普通小工，一天干十小时才能挣到一美元。我给得很大方了。在省吃俭用的人看来，给五十美分也就够大方的了。我把钞票叠在我的右手手心里，一等音乐停下来就以魔术师的快速手法将它塞给了他。

问题是：这张钞票不是一美元的，而是一张二十美元的。

因为这个震惊四座的错误，我有些责怪萨拉。就在我从皮夹子里掏钱的时候，她又玩起嘲弄性爱的把戏来，假装音乐引起了她的情欲。她打散了我的领带，这是我借宿的一个朋友的母亲给我系上的，我自己不知道怎么系。萨拉热情地吻了一下她自己的两根手指尖，又把指尖按在我的衬衫领子上，留下了口红印。

如今音乐停了下来，我微笑表示感谢。钻石大王吉姆·布雷迪化身为克利夫兰一个司机的神经错乱的儿子，把一张二十美元大钞给了那个吉卜赛人。

那个吉卜赛人一开始就很感激，以为他得到的是一美元。

萨拉也认为那是一美元，认为我给得太多了。"我的天！"她说。

这时那个吉卜赛人大概是为了要气一气萨拉，因为她想要我拿回那张如今已完全属于他的钞票，他便打开了叠好的钞票，这么一来，钞票上的天文数字就第一次呈现在我们大家的面前。他的吃惊程度不亚于我们。

由于他毕竟是吉卜赛人，因此在金钱问题上比我们更精明一点儿，他马上窜出餐厅，消失在夜色中了。我至今仍然在想，他后来有没有回去取他的提琴盒。

但萨拉的反应使人无法想象！

她以为我是有意如此，我竟蠢到如此程度，认为这能勾起她的情欲。我从未被人如此讨厌过。

"真想不到，你是个twerp。"她说。本书大部分对话与原话必然只能做到大致相近，但是我写到萨拉说我"真想不到，你是个twerp"，则是不折不扣的原话。

进一步解释她骂我的这句话："twerp"一词当时刚刚出现，有它具体的定义——请恕我直言，这指的是一个在浴缸里吃自己放屁产生的水泡的人。

"真想不到，你是个jerk。"她说。"jerk"是指手淫过度的人，她很明白。这些事情她都懂。

"你以为自己是谁？"她说。"更确切地说，你以为我是谁？我虽蠢，"她说，"也不至于蠢到会以为你刚才做的是件漂亮的事！"

这是我一生中最难受的时候。比我被关进监狱的时候更难受——甚至比放我出来时更难受，甚至可能比我在切维蔡斯不慎烧掉我妻子要送到顾客家去的窗帘时更难受。

"劳驾你送我回家。"萨拉·怀亚特对我说。我们没有吃饭就走了，可是并没有不付钱。我一路哭着回去。

我在出租汽车里哭哭啼啼地告诉她，那天晚上的事都不是我的主意，我不过是亚历山大·汉密尔顿·麦科恩所发明和控制的一个机器人。我坦白说我是波兰与立陶宛的混血儿，不过是个司机的儿子，奉主子的命令穿上了绅士的衣着，摆出了绅士的架子。我说我不想回哈佛大学了，甚至不想活了。

我这么可怜，萨拉又后悔，又感兴趣，我们从此就成了最好的朋友，就像我在前面说的，我们的友情好歹维系了七年。

她后来也从松树庄园学院退了学，做了护士。她在当护士时见到穷人生病死去那么痛苦，就参加了共产党。她也让我参加了。

因此，要是亚历山大·汉密尔顿·麦科恩当初没有坚持让我带一个漂亮姑娘上阿拉帕霍酒店去，我也许不会成为共产党。如今过了四十五年，我又走进了阿拉帕霍酒店的门厅。我为什么选择这个地方度过我获得自由后的第一晚呢？是为了这件事带来的讽刺。没有一个美国人会因为又老又穷，无亲无友，而不能采集一些纽约城里最精彩的富有讽刺意义的小故事。

我又回到了这里，原来的餐厅老板曾经第一次对我说"Bon appétit"！

原来的门厅有一大块地方如今是个旅行社。留给过夜旅客经过的是一条狭窄的走廊，走廊尽头是旅客登记处。这地方这么窄，甚至放不下一张沙发或椅子。萨拉和我窥看的那家有名的餐厅的法式落地窗已不在了。拱形门框仍在那里，但已因为砌在门框里的砖墙被弄得很粗糙，就像德国柏林那道不让共产党变成资本家的墙一样粗糙，且没有装饰。栏杆那里有个公用电话亭，投放硬币的盒子已被撬开，电话听筒也没了。

然而从远处看去，那个站在登记柜台后面的人似乎仍穿着小礼服，甚至还有一朵boutonnière[1]！

我走近他一看，才知道自己的眼睛受了骗。他实际上穿的是一件画了小礼服和衬衫的圆领T恤，上面还画有插在扣眼上的花、蝴蝶领结、插在口袋上的手绢，一应俱全。我以前从来没有看见过这样的圆领T恤。我一点儿也不觉得可笑。我被弄糊涂了。反正这不是开玩笑。

值夜班的前台人员的胡须倒是真的，还有一个更加真实的肚脐眼，就露在他低垂的裤腰上面。不过他如今不再是这副打扮了。因为他已当了好客联合有限公司的采购副总裁，那是拉姆杰克公司的一家子公司。他如今已三十岁了。他的名字叫伊斯雷尔·埃德尔。像我儿子一样，他娶了一个黑人女人。他得到过长岛大学的历史学博士学位，是个高才生，还是PBK会员。说实在的，我们初次见面时，伊斯雷尔正在埋头看PBK会报《美国学者》月刊。在阿拉帕霍酒店值夜班是他所能找到的最好的工作。

"我订了个房间。"我说。

"你订了什么？"他说。他不是无礼，他是真的没想到。没有人再到阿拉帕霍酒店来订房间了。到那里的旅客都是因时运不济而突然光顾的，这是唯一的光顾方式。伊斯雷尔前几天还告诉我——那时我们正好在电梯中相遇，"在阿拉帕霍酒店预订房间就像是在

1　法语，指插在扣眼上的花。

烧伤病房预订房间"。附笔一提，他如今负责监督阿拉帕霍酒店的采购工作，它和世界各地四百家左右的酒店一起，都是好客联合有限公司旗下的酒店，其中一家开设在加德满都。

他在身后空空如也的格子里找到了我的预订单。"一个星期？"他难以置信地问。

"是的。"我说。

我的名字没有引起他的注意。他的历史知识范围是十三世纪诺曼底的异端邪说。但他还是察觉出我是刚蹲过监狱的，因为我的通信地址有些怪：佐治亚州中部不知什么地方的一个邮政信箱号码，以及我的姓名后附的一些数字。

"我们再不济，"他说，"也得给你新婚套间。"

事实上并没有什么新婚套间。所有套间早就被隔成小间了。只有一个小间是最近刷过油漆和裱糊过的。我后来才知道，这是因为这里发生了一桩特别残忍的谋杀少年男妓的案件。当时，伊斯雷尔·埃德尔本人并没有让人觉得很可怕。他表现得很客气。那间屋子其实很不错。

他把钥匙给了我，后来我发现这把钥匙可以打开这家酒店几乎所有的房门。我谢了他，同时犯了一个我们搜集讽刺故事的人常犯的小毛病：把一个讽刺故事告诉陌生人。这种事是做不得的。我告诉他我以前来过阿拉帕霍酒店——在一九三一年。他对此没有兴趣。我不怪他。

"我当时和一个姑娘在狂欢。"我说。

"嗯。"他说。

但是我还是说了下去。我告诉他，我们从法式落地窗缝里窥看那家有名的餐厅。我问他，如今墙的那边是干什么的。

他的答复在他自己看来也许只是在客观陈述一个事实，可是在我听来却非常刺耳，倒不如狠狠地打我一巴掌。他说的是——

"拳奸电影。"

我从来没有听过有这种事情。我急切地问他是怎么回事。

我居然这么吃惊，这把他惊醒了一些。他后来告诉我，他当时感到很后悔，竟把隔壁那样肮脏的事情告诉一个好心的小老头儿。他倒成了我的父亲，我成了他的孩子。他甚至对我说："别问了。"

"告诉我。"我说。

于是他慢慢地、耐心地，而且极其勉强地向我解释，原来的餐厅改成了一家电影院，专门放映男同性恋的影片，其高潮往往是一个演员把拳头伸进另一个演员的下体。

我目瞪口呆，说不出话来。我做梦也没有想到美利坚合众国宪法第一修正案和电影摄影机镜头的高超技术结合起来能干出这样的暴行来！

"对不起。"他说。

"这不是你的过错，"我说，"晚安。"我去找自己的房间了。

我走过那原来是法式落地窗的墙，到电梯那里去。我在那里停了一会儿。我的嘴唇动了一下，说了一句我一时并不懂的话。接着我就马上意识到我说的大概是什么话，必然是什么话。

这话当然是："Bon appétit。"

11

我在第二天会发生什么事情？

我会碰到利兰·克卢斯，也就是我在一九四九年出卖过的人。

但是首先，我要打开我的少数几件行李，把衣服放好，看一会儿书，然后好好地睡一觉。我要弄得干干净净。我心里想："至少我不再抽烟了。"这间屋子很干净。

衣柜里的两个上层抽屉已很宽裕地放下了我的全部衣物，但我还是打开其他抽屉看了一下。这样我就在底层抽屉里发现了七根不完整的单簧管——没有盒子、吹嘴或者喇叭口。

人生有时就像那样。

我应该做的是，尤其是因为我刚出狱，我应该马上走到楼下登记处去，声明我偶然发现了一些单簧管部件，是不是该报警。这些部件当然是偷来的赃物。我第二天才知道，这是从一辆在俄亥俄州公路上被劫持的卡车上偷来的。司机在这次抢劫案中被打死了。因此任何与这些不完整的乐器有关的人，一旦被发现，就可能是杀人的帮凶。后来我才知道，全国各个乐器铺都贴有布告，如果有人来店里买卖相当数量的单簧管部件，就必须立即报警。我估计这个抽屉里的东西不过是全部赃物的千分之一。

但是我却随便地关上了抽屉。我不想马上就回楼下去。屋子里又没有电话。有事明天再说吧。

我感到筋疲力尽。楼下的各个剧场里还没有到闭幕时间，可是我的眼睛已睁不开了。因此我把窗帘拉下，上了床。我马上就"睡睡了"，这是我儿子小时候说的话，就是"睡着了"。

我梦见自己坐在四个街区外的纽约市哈佛俱乐部的一张沙发上。我已不年轻了。但是我也不是蹲过监狱的人，而是一个事业很成功的人，一家中型基金会的主席，或者内政部助理部长，或者全国人文基金会的执行理事什么的。我真的相信，要是我没有在一九四九年做证害了利兰·克卢斯，我在晚年是很有可能担任这种职务的。

这是一种聊胜于无的梦。我十分喜爱这梦。我的衣服整整齐齐。我的妻子仍活着。我与一九三五届的其他好几个同学吃了一顿美餐以后，在呷白兰地和咖啡。实际生活中有一个细节也带到了梦中：我很得意，因为我不再吸烟了。

可是我又心不在焉地接受了一支烟。这不过是在酒足饭饱、高谈阔论之余的又一个文明的享受而已。"对，对——"我说着，一边想起了少年时期的一些荒唐事，一边咯咯地笑，眼睛里还露出得意的神色。我把烟送到嘴边。一个朋友划了一根火柴送上来。我一口气把烟吸进去，直趋脚底。

在梦中我抽搐着倒在地板上；在实际生活中，我从阿拉帕霍酒店的床上掉了下来。梦中，我的两片潮湿、无瑕的粉红色肺叶萎缩成了两粒黑葡萄干，棕色的苦味的烟油从我耳鼻中流出来。

最糟糕的还是羞愧感。

即使我慢慢地明白我并不是在哈佛俱乐部，一些老同学也并没有坐在皮椅上俯身看我，即使我发现我仍能呼吸空气，得到滋养，即使如此，我仍羞愧得无地自容。

因为我刚刚虚掷了我一生中最后一样值得自豪的东西：我不再抽烟了。

我醒来的时候，凭着从时代广场映照上来，又从重新粉刷过的天花板上反射下来的光线，仔细地看了一下我的双手。我伸开手指，反复验看，就像魔术师那样。我是在向想象中的观众表现，一分钟以前还夹在我手指中间的香烟已不翼而飞。

但是我这个魔术师像观众一样对那香烟的去向感到不解。我下了床，羞愧万状，到处寻找点燃的发红的烟头。

没有发红的烟头。

我坐在床边，一身冷汗，终于清醒过来。我思考了一下自己的处境。是的，我那天早上刚出狱。是的，我坐的是飞机的吸烟区，但并不想吸烟。是的，我如今住在阿拉帕霍酒店的顶层。

哪儿都没有香烟。

至于在这个星球上追求幸福，我同有史以来的任何人一样快活。

"谢谢上帝，"我想，"那支香烟不过是做梦。"

12

第二天早上六点钟，那是监狱里的起床时间，我出去上了街，到了一个连它自己对其纯洁也感到震惊的城市。不论什么地方都没有人对别人做坏事。要想象什么是坏事也很困难。为什么有人要做坏事呢？

是不是还有很多人住在这里？这看来似乎很值得怀疑。我们少数几个在场的人好像是参观吴哥窟的游客，满心好奇地在思忖：是什么宗教和商业使人们建立起这样一个城市？这里的人们显然紧张忙碌过一阵子，又是什么东西使他们决定离开？

商业得重新发展起来。我给摆报摊的二十美分——那是轻得像棉花一样的两块小银箔——买了一份《纽约时报》。要是他拒绝，我是很能谅解的。但是他给了我一份《纽约时报》，然后仔细地看着我，心里显然在想，我买这印了油墨的报纸干什么。

要是在八千年前，我很可能是个腓尼基水手，把船停在诺曼底的海滩上，以漆成蓝色的两个铜矛头为代价，向一个戴皮帽的人交换他的皮帽。他心里在想："这个疯子是谁？"我也在想："这个疯子是谁？"

我突发奇想，打电话给财政部部长克米特·温克勒，一个比我晚两年从哈佛大学毕业的人，对他说："我刚才在时代广场试用了你的二十美分，顺利得像做梦一般。看来如今又是铸造硬币的好日子！"

我碰到一个娃娃脸的警察。他像我一样拿不准自己在这个城市里的作用。他悄悄地望我一眼，好像做警察的很可能是我，而他是个老乞丐似的。大清早的，谁对什么事情有把握？

我在一家关了店门的唱片店的黑色大理石门面上看了一眼我的人影。我一点儿也没有想到不久之后我就要做唱片业的巨头了，在我办公室的墙上挂满了愚蠢刺耳的黄金级、白金级畅销唱片。

我在沉思时的胳膊姿势有些奇怪。我想了一下。我好像是在抱着一个娃娃。我马上就明白了，这是同我的情绪相一致的，我抱着的实际上是我心目中的小小前途，好像那就是个娃娃似的。我让我怀中的娃娃看看帝国大厦和克莱斯勒大厦的屋顶，还有公共图书馆门前的石狮。我抱着它走进中央车站，要是对纽约市感到厌倦的话，这里可以买一张车票到任何地方。

我做梦也没有想到，我不久就会在车站下面的地窟里钻来钻去，我会在下面了解到拉姆杰克公司的秘密宗旨。

我和娃娃又朝西走。要是我们继续向东走，我们不久就会把自己送到都铎城公寓去了，我的儿子就住在那里。我们不要见他。于是我们站在一家商店的橱窗前，里面摆着野餐用的藤篮——还配好了保温壶和装三明治的锡盒等；还有一辆自行车。我想我还能骑车。我告诉我心目中的娃娃说，我们等哪一天天气好就买一只野餐篮和一辆自行车，骑到一个废弃的码头上去吃鸡肉三明治，用柠檬汽水灌下去，海鸥在头顶上飞翔、啼叫。我开始感到肚子饿了。要是在监狱里，这时我早已喝足了咖啡和麦片粥。

我经过西四十三号街的世纪协会俱乐部，在第二次世界大战后不久，彼得·吉布尼曾请我在这家绅士俱乐部吃过午饭，吉布尼是个作曲家，也是我的哈佛大学同学。后来再没有人请我去过那里。我现在愿意不惜任何代价到那里去当酒吧间侍者。但吉布尼还活着，很可能仍是那里的会员。在我对利兰·克卢斯做了不利的证词以后，可以说，我们闹翻了。吉布尼寄了一张印有图画的明信片给我，使我妻子和邮差都能看到上面写的话。

明信片说："亲爱的浑蛋，你为什么不爬到一块潮湿的石块下面去？"上面的图画是蒙娜丽莎，带着她神秘的微笑。

这条街的尽头是罗耶尔顿酒店的咖啡馆，我朝那里走去。附带一提，罗耶尔顿酒店像阿拉帕霍酒店一样，是属于好客联合有限公司的一家酒店，也就是说，是属于拉姆杰克公司的一家酒店。不过，等我走到咖啡馆门口时，我的自信心已经垮了，惊惶取而代之。我觉得我是曼哈顿最丑最脏的老乞丐。如果我进了咖啡馆，谁见到我都会恶心，他们会把我撵出来，叫我到鲍里街去，那里才是我该去的地方。

但是我还是鼓起了勇气，推门进去——谁也想象不到我有多么惊奇！这好像我死后进天堂一般。一位女服务员对我说："亲爱的，请您坐下，我马上把咖啡给您端来。"我什么话也没有对她说。

于是我就坐了下来，我往四处望去，见到各色顾客受到无微不至的招待。女服务员叫人人"亲爱的"。这就像发生一场大灾难以后的急救病房。不问病号是什么种族、什么阶级，他们都得到同样的灵丹妙药，那就是咖啡。所谓的灾难，当然是太阳又升起来了。

我心里暗忖："我的老天——这些女服务员和厨师就像厄瓜多尔外海加拉帕戈斯群岛上的鸟与蜥蜴一样不分彼此。"我能够做此比较，是因为我在监狱里读到过关于那个世外桃源的情况，是从怀俄明州前任副州长那里借来的一本《国家地理》杂志上读到的。那个群岛上的生物好几千年以来没有仇敌，不论是自然的还是非自然的。它们从来没有想到有人会去伤害它们。

因此若有人上岸，他可以径直走到任何一个生物面前，要是愿意的话还可以把它的脑袋揪下来。这个生物对此是毫无防备的。别的生物也只会站在那里看着，不知该为自己得出什么教训。要是你认为这就是你要做的正经事，或者要找的乐趣，你就可以把整个岛上的随便什么生物的脑袋揪下来。

我觉得要是弗兰肯斯坦闯过厚墙到这家咖啡馆来，大家也只会对他说："小乖乖，您请坐下，我马上给您端咖啡来。"

他们这么做的动机并不是为了营利。每次交易的金额才六十八美分，一美元十美分，或者两美元六十三美分……我后来发现，管账的就是老板，但是他不愿坐在收银机前收银。他愿意在厨房里做菜，在店堂里守候客人。因此女服务员和厨师不得不老是对他说："弗兰克，那位是我的主顾。您回去管账吧。"或者说："弗兰克，在这里是我掌勺。您这做的是什么乱七八糟的呀？回去管账吧。"如此等等。

他的姓名叫弗兰克·尤布里阿科。他如今是拉姆杰克公司麦当劳分部的执行副总裁。

我不由得注意到他的右手萎缩，看上去好像是僵尸的手，不过手指还能用。我问我的女招待这是怎么一回事。她说这是一年前被热油炸的，他不小心把手表掉在一锅滚沸的油里。他想也不想就伸手到热油中去摸那手表，那是一只价格昂贵的宝路华·臻创手表。

我出来再次走到街上去，心里觉得好多了。

我在布莱恩公园坐下来看报，那公园坐落在四十二号街公共图书馆的后面。我的肚子吃得饱饱的，像添了柴火的炉子一样温暖。读《纽约时报》对我来说并不是什么新鲜事儿。监狱里大约有一半人都订阅《纽约时报》，也有订阅《华尔街日报》的，还有《时代》周刊、《新闻周刊》《体育画报》《人物》，等等。我什么也不订，因为监狱的废纸篓里什么报刊都有。

监狱的废纸篓上都有一块招牌，上面写着"请！"，在"请"字下有个箭头直指下面。

我在翻阅《纽约时报》时发现我的儿子沃尔特·斯坦凯维奇，即沃尔特·斯塔巴克，发表了一篇评论一个瑞典电影明星写的自传的文章。沃尔特似乎很喜欢这本书。我想她的身世一定是颇多波折的。

不过我特别想要一读的是《纽约时报》关于它自身被拉姆杰克公司收购的报道。这件事仿佛孟加拉国发生的一场霍乱，只在里页下端给了三英寸的空间。据报道，拉姆杰克公司董事长阿帕德·利恩说，拉姆杰克公司不考虑在人事上或报道方针上做什么变动。他指出该公司过去收购的所有报刊，包括时代公司的杂志，都允许继续原来的方针，拉姆杰克公司不做任何干涉。

"除所有权以外，什么都没有改变。"他说。我必须说，我本人作为拉姆杰克公司的一位前经理人员，对于我们收购的公司，我们很少对它们做什么改变。当然，如果其中有一家无法维持了，才会引起我们的好奇。

那条消息报道说，《纽约时报》发行人收到杰克·格雷厄姆夫人的一份手写的便条："……欢迎加入拉姆杰克大家庭。"还说她希望他愿意继续留职。签字下面是她十根手指的手印。这封信的可靠性是没有疑问的。

我在布莱恩公园环顾了一下四周。在人行道旁边冻死的常春藤和乱扔的玻璃纸袋上面，铃兰已经长出了小铃。我的妻子露丝和我在我们马里兰州切维蔡斯的小平房前院开花的酸苹果树下边种过铃兰和常春藤。

我对铃兰说："早上好！"

是的，我一定又发呆了。三个小时过去了，我的屁股在长凳上没有挪动过。

我最终被一台声音开得很大的手提收音机吵醒了。收音机的主人是个年轻人，他坐在我前面的长凳上。他看上去是拉美裔。我不知道他的姓名。要是他对我不错，今天他很可能是拉姆杰克公司的一个经理了。收音机转到了新闻节目。广播员说，那天的空气不佳。

真不可想象，空气居然不佳。

那个年轻人看来并没有在听他的收音机。他甚至可能根本不懂英语。广播员口气很兴奋，像一只狗在狂吠一样，好像生活是一场滑稽可笑的越野赛马，参与的马匹、马车，所遇到的风险都与众不同。他使我觉得自己也是个选手，坐在三只土豚拉拽的洗澡盆里。我同别人一样可能取胜。

他谈到参与越野赛马的另外一个人，他在得克萨斯州已被判电刑处死。那个死囚指示他的律师，任何人，包括州长和美利坚合众国总统，凡是要给他缓刑的，都要加以拒绝。显然，他一生中最向往的事莫过于在电椅上被处死。

这时有两个跑步的人跑到我和收音机之间的小径上来。他们是一男一女，穿的都是同样的橙金两色的运动套装和跑鞋。我早已知道流行长跑的事。我们监狱里也有不少跑步的。我觉得他们有些扬扬自得。

再来说说那个年轻人和收音机。我想他买那玩意儿肯定是当作一种后天的修补，以表示他对这个世界并不存在的热情。他对这玩意儿根本不在意，就像我对我的假门牙根本不在意一样。我后来见到过不少这样的年轻人成群地聚在一起，收音机拨到不同的电台，用他们的收音机进行热烈的谈话。那些年轻人也许因为一生之中长期受到"闭嘴"的训斥，已没有什么话要说了。

可是如今这个年轻人的收音机却说了一些令人吃惊的话，使我急忙离开长凳，站了起来，出了公园，投入了四十二号街上朝第五大道涌去的自由企业家的人流。

收音机里说的是：我的家乡俄亥俄州有一个愚蠢的年轻女吸毒犯，大约十九岁，生了一个父亲不知是谁的孩子。社会工作者把她和孩子送到了一家有点儿像阿拉帕霍酒店那样的酒店。她买了一只德国牧羊警犬自卫，却忘记给它喂食了。有一天晚上她不知为什么外出，让狗来守护孩子，等她回家时发现狗已把孩子咬死，并吃掉了一部分尸体。

这是什么世道！

因此我像别人一样有目的地朝第五大道走去。根据计划，我开始观察迎面而来的人们的脸，想找一个可能对我有些帮助的熟人的脸。我是准备好要保持耐心的。我知道这就像沙里淘金一样，在一盘沙土中寻找一粒金沙。

不过我还没有走到第五大道的人行道，我的警报系统就在刺耳地发警报了："嘟，嘟，嘟！当，当，当！呜，呜，呜！"

肯定是找到了熟人！

就在我右前方，那个把萨拉·怀亚特从我手中抢走的人走来了，也就是在一九四九年被我毁了的那个人。他还没有看见我。他就是利兰·克卢斯！

他的头发已全部掉光，脚上趿拉着一双破鞋，裤腿上的褶边已经起毛了，右边的胳膊似乎已经萎缩，晃来晃去地提着一只破旧的样品包。我后来发现，克卢斯已经成了一个不走运的推销员，推销印有广告的火柴和日历。

附带提一句，如今他已是拉姆杰克公司钻石牌火柴分部副总裁。

尽管他遇到了种种不幸的事，但是他向我走近时，他的脸上仍像他一贯的那样，显出他有一片天真少年的善良心地。他的脸上总是有那样的表情，即使是在进佐治亚州监狱的照片里也是如此，旁边站着的监狱长就像国务卿那样抬头看着他。克卢斯年轻的时候，年纪大的人总是抬着头看他，好像是在说："这才是个好青年。"

现在他看到了我！

目光的接触，像触电一样，几乎把我电死。我还不如迎面撞到一根电线杆上去！

我与他擦肩而过，朝着与他相反的方向走去。我没有话要对他说，也不想站着听他对我说他完全有权对我发泄的话。

等我走上了人行道，红绿灯已换了颜色，我们已被来往的车辆隔开，这时我才有勇气回头看他一眼。

克卢斯也在回头看我。显然他一时想不起我的名字来，只是用那只空着的手指着我，表示他知道我在他的一生中曾经起过一定的作用。接着他那手指像节拍器一样抽动起来，仿佛能点出我的名字。他大概觉得这很好玩。他分开腿，双膝微屈，脸上的表情似乎在说，反正他记得这么多：多年以前，我们两人曾经卷入了某种狂野之中，一个孩子气的恶作剧之中。

我像受到了催眠一样。

幸运的是，他身后有几个宗教狂热分子，穿着僧袍，赤着脚，在唱啊跳的。这样他看上去就成了一出音乐喜剧中的主角。

我自己也并不是没有配角的。我无意中站在两个人的中间，一个是身前身后挂着广告牌、头上戴着高礼帽的男人，另一个是无家可归、把全部财物装在购物袋里的小老太婆。她的脚上穿着一双巨大的紫黑两色篮球鞋，同她的个子极不相称，使她看上去像只袋鼠。

我的同伴都在与过往行人说话。身上挂着广告牌的人说的是一些像"把妇女送回厨房去""上帝不想要女人与男人平等"之类的话。那个提着购物袋的要饭婆似乎在斥责路人吃得太肥，我仿佛听见她在骂他们是"吃饱撑胖的""阔胖子""势利鬼胖子"等各种各样的胖子。

其实，我离开马萨诸塞州剑桥市已好久了，我没有听出来她是在用剑桥工人阶级的口音骂别人是"屁"。

而在她的一只宽敞的篮球鞋里竟还藏着我的虚伪的情书。世界真小！

老天爷，人生有时候真的是无巧不成书。

当利兰·克卢斯在第五大道的那一边认出我是谁时，他的嘴张成了一个大圆形。我虽然听不见他说"哦"，可是可以看见他说"哦"。在阔别多年以后，他这是在开我们邂逅的玩笑，故意像一部无声电影里的演员那样夸张地表现出他的惊奇。

显然他打算等红灯一变成绿灯，就跨过马路来。与此同时，那些穿僧袍的宗教狂热分子继续在他身后跳啊唱啊。

我仍有时间来得及溜走。我想，使我站住不走的是这个原因：我需要证明自己是个君子。在以前倒霉的时候，我出庭做了不利于他的证词，有人写文章猜测究竟谁说的是真话，谁说的是假话，他们大部分人都认为他是个真正的君子，他家世世代代都是君子出身，而我则不过是个想冒充君子的斯拉夫穷小子。因此，对他来说，名誉、勇气、正直十分重要，而这些对我来说不值一钱。

当然，他们也指出了别的不同。在杂志里，我一期一期地越来越矮小，他一期一期地越来越高大。我可怜的老婆越来越粗俗，他的老婆渐渐成了一个典型的美国金发女郎。他的朋友越来越多，越来越体面，我的朋友连在潮湿的岩石缝里也找不到了。可是在骨子里最使我不高兴的是，大家相信他是守信用、讲义气的，而我不是。因此，二十六年以后的今天，我这个斯拉夫血统的蹲过监狱的小老头儿决定站住不走。

他跨过马路走来，这个前盎格鲁–撒克逊勇士，如今虽然形容枯槁，却很快活。

我心里揣测，他有什么好快活的呢？我问自己："这个行尸走肉有什么好快活的呢？"

于是我们重逢了，旁边还有那个提着购物袋的要饭婆抬头听着。他放下样品包，伸出了右手。他开了一句玩笑，用类似亨利·莫顿·斯坦利[1]在黑暗的非洲遇见戴维·利文斯通[2]时说的话："我猜想，阁下是沃尔特·斯塔巴克吧？"

我们现在的状况与在黑暗的非洲也差不多，因为已经再也没有人知道我们或者关心我们了。我想，凡是还记得我们的人，大部分都以为我们已死了。我们在美国历史上从来没有过我们一度自以为的那么重要的地位。我们不过是风暴中的屁——请你原谅我说话

1　19世纪著名探险家，以搜索苏格兰医生兼传教士戴维·利文斯通及发现刚果河而著名。
2　19世纪一位苏格兰医生兼传教士，一生致力于非洲探险事业。1871年，探险家亨利·莫顿·斯坦利带队寻找很久没有消息的利文斯通。当斯坦利找到利文斯通时，说出一句著名的话："我猜想，阁下是利文斯通医生吧？"

粗俗——或者，像那个提着购物袋的要饭婆说的，是"风暴中的胖子"。

我对他在多年以前抢走了我的女朋友是不是心中犹有芥蒂？一点儿也没有。萨拉和我一度相恋，但是我们如果结婚做夫妇是绝不会幸福的，我们在性生活上不协调。我从来没有能够说服她同我过性生活。我失败的地方，利兰·克卢斯成功了——她一定感到又奇怪，又满意。

我对萨拉有什么留恋难忘的记忆呢？关于人类的痛苦以及解决办法的长篇谈论——接着讲些孩子气的笑话解闷。我们互相收集笑话，在要解闷的时候说上一两个。我们长时间地打电话，打上了瘾。这种交谈是我最喜欢的鸦片。我们像灵魂出了躯壳一样，在小羊驼星球上飘荡。要是没有话说，沉默下来，两人就会又开始说个笑话来打破沉默。

"酶和激素有什么不同？"她会这样问我。我会说："我不知道。"

"你听不见酶的声音。"她会说，于是无聊的笑话就又继续讲下去——虽然她那天很可能在医院里看到了什么可怕的东西。

<u>13</u>

我正要郑重其事地、小心提防地但是真诚地说："利兰，你好，见到你真高兴。"但是我还没来得及说这话，那个提购物袋的要饭婆就提高她刺耳的嗓门儿嚷嚷道："哦，我的上帝！沃尔特·斯塔巴克！真的是你吗？"我不打算在书上重复她的口音。

我以为她是个疯子。我以为不论克卢斯叫我什么名字，她都会鹦鹉学舌。要是他叫我"笨伯、笨蛋"，她也会叫道："哦，我的上帝！笨伯、笨蛋！真的是你吗？"

如今她开始把购物袋斜靠在我腿上，好像我是个消防栓一样方便的东西似的。一共有六只袋子，我以后有时间可以慢慢观察，都是市里最豪华的商店的袋子——亨利·班德尔的、蒂凡尼的、斯隆的、波道夫·古德曼的、布鲁明戴尔百货商店的、阿伯克龙比和菲奇服饰的。附带说一句，这些公司除了即将破产的阿伯克龙比和菲奇公司，其他都是拉姆杰克公司的子公司。她的袋子里大部分是从垃圾箱里捡来的破烂儿。她最值钱的财物则塞在鞋子里。

我不想去理她。即使她用购物袋把我围住，我也把目光对着利兰·克卢斯的脸。"你的气色很好。"我说。

"我的感觉良好，"他说，"萨拉也是这样，你一定很高兴知道。"

"我很高兴，"我说，"她是个好姑娘。"当然，萨拉早已不是个姑娘了。

克卢斯于是告诉我，她仍在做护士工作，不过现在只做半天。

"我很高兴。"我说。

我很吃惊地发现，好像什么大楼的屋檐上掉下一只病蝙蝠，掉到了我的手腕上。那个提购物袋的要饭婆用她肮脏的小手抓住了我的手腕。

"这位是你的太太吗？"他问。

"我的什么？"我说。他以为我的境况潦倒到与这个可怕的女人是一对夫妻！"我根本不认识她！"我说。

"唉，沃尔特，沃尔特，沃尔特！"她呻吟道，"你怎么可以这么说？"我把她的手甩开。可是我刚回头要同克卢斯讲话，她又抓住了我的手腕。

"权当她不在这里，"我说，"这真是发疯了。我同她毫无关系。我不允许她破坏这个宝贵的时刻。"

"唉，沃尔特，沃尔特，沃尔特！"她说，"你怎么啦？你不是我认识的那个沃尔特·斯塔巴克了。"

"不错，"我说，"因为你从来不认识沃尔特·斯塔巴克，而这位先生却认识。"于是我对克卢斯说："我想你也知道我坐过牢。”

"是的，"他说，"萨拉和我感到很难过。"

"我是昨天早上才被放出来的。"我说。

"你以后的日子不好过，"他说，"有没有人照顾你？"

"我会照顾你，沃尔特。"提购物袋的要饭婆说。她靠得更紧了一些，热情地对我说着话，她身上的体臭和嘴里的口臭熏得我透不过气来。她的口臭不仅来源于坏牙的腐臭，也来源于花生奶油的气味，这是我后来发现的：多年以来她除了花生奶油什么也不吃。

"你谁都照顾不了。"我对她说。

"唉——你会对我能为你做些什么大吃一惊的。"她说。

"利兰，"我说，"我要向你说的是，如今我也知道坐牢是什么滋味了，他妈的，我这辈子最后悔的事就是把你送进了监狱。"

"是啊，"他说，"萨拉和我常常谈起我们最想同你说的话。"

"那是什么？"我说。

"那是，"他说，"'多谢你，沃尔特。我去坐牢是我和萨拉遇到的最好的事'。我不是开玩笑。凭良心说，这是真的。"

我感到惊异。"这怎么可能呢？"我问。

"因为生活应该是一场考验，"他说，"要是我的生活照以前那样过下去，我到了天堂也不知道有什么解决不了的困难。圣彼得会这样对我说：'你算是白活了，我的孩子。谁能说得准你是怎么样的一类人呢？'"

"原来如此。"我说。

"萨拉和我不仅有爱情，"他说，"而且我们的爱情经受了最艰苦的考验。"

"这话很动听。"我说。

"要是你能看到，那就好了，"他说，"你什么时候能来一起吃顿晚饭吗？"

"我想可以吧。"我说。

"你住在哪里？"他问。

"阿拉帕霍酒店。"我说。

"我以为那家酒店早已被他们拆掉了。"他说。

"没有。"我说。

"我们会写信给你的。"他说。

"我等着。"我说。

"你会看到，"他说，"在物质方面，我们一无所有；不过，在物质方面，我们也一无所求。"

"说得有理。"我说。

"不过我要说的是，"他说，"我们吃得还不错。你大概还记得，萨拉很会烧菜。"

"我记得。"我说。

如今那个提购物袋的要饭婆第一次提出了证据，表明她的确是认识我的："你们说的是萨拉·怀亚特，是不是？"

我们听了一时说不出话来，陷入了沉默，尽管街上仍很喧闹。因为克卢斯和我都没有提到萨拉娘家的姓。

我终于满腹疑惧地问她："你是怎么知道的？"

　　她神态狡猾，娇嗔起来："你以为我不知道你一直在我背后同她胡搞？"

　　有了这些提示，我不再需要猜想，也知道她是谁了。我在哈佛大学第四年时曾经同她睡过觉，不过当时我仍邀请守身如玉的萨拉·怀亚特参加舞会、音乐会和运动会。

　　她是我爱过的四个女人之一。她是我与之发生成熟的性关系的第一个女人。

　　她就是当初的玛丽·凯瑟琳·奥卢尼！

14

"我当时是他的发行部主任，"玛丽·凯瑟琳大声对利兰·克卢斯说，"我当发行部主任时干得不错吧，沃尔特？"

"是的——你当然干得不错。"我说。我们就是那样认识的：她在我大学四年级开始的时候找上门来，到剑桥市的《海湾州进步报》的小办公室，对我说，只要能改善工人阶级的处境，我要她干什么她二话不说就干什么。我让她担任发行部主任，负责在工厂大门口、救济站等地方散发报纸。她当时身材瘦小，但是性情倔强，性格开朗，因为一头红发而十分受人瞩目。她痛恨资本主义制度，因为她母亲就是为怀亚特钟表公司做工而死于镭中毒的许多女工之一。她的父亲在一家鞋油工厂当夜间警卫，因为误喝甲醇而瞎了眼。

如今形同残骸的玛丽·凯瑟琳谦虚地低下了头，因为我说了她当我的发行部主任时干得不错的话。她又向我和利兰·克卢斯伸过头来。她的头顶上有一块银圆大小的光秃，四周是稀疏的白发。

利兰·克卢斯后来告诉我，他几乎晕了过去。他以前从来没有见到过女人的秃顶。

他看不下去，闭上了蓝色的眼睛，掉过头去。他后来鼓起勇气转过头来时，总是尽量避免正视玛丽·凯瑟琳——正如希腊神话里的珀尔修斯不看蛇发女怪戈尔贡的脑袋一样。

"我们一定要聚一聚。"他说。

"是啊。"我说。

"我过几天给你去信。"他说。

"我等着。"我说。

"我得赶紧走了。"他说。

"我知道。"我说。

"保重自己。"他说。

"我会保重的。"我说。

他走了。

玛丽·凯瑟琳的购物袋仍靠在我的腿上。我就像被绑在木桩上的圣女贞德一样动弹不得，招人注目。玛丽·凯瑟琳仍抓着我的手腕，而且她也不想放低声音。

"我终于找到了你，沃尔特，"她叫道，"我决不让你再走了！"

世界上没有哪里再演过这样的话剧了。对于现代戏剧家来说，也许值得一提的是，我可以根据切身经验做证，只要剧中的女主人公说话大声、吐字清晰，情景剧仍能招来看热闹的人群。

"你以前老是告诉我，你多么爱我，沃尔特，"她叫道，"可是你后来却走了，我再也得不到你的消息。你对我说的那些话是不是谎言？"

我大概含糊其词地"嗯""啊"了一下作为回答。

"你好好地瞧着我，沃尔特。"她说。

从社会学上来说，这场情景剧当然像美国内战前的《汤姆叔叔的小屋》一样动人心弦。玛丽·凯瑟琳·奥卢尼并不是美利坚合众国唯一提购物袋的无家可归的要饭婆。在美国的大城市里这样的人成千上万。那个庞大的经济机器毫无目的地在制造这种褴褛的大军。那个机器的另外一部分又在制造死不悔改的少年杀人犯、吸毒犯、虐待儿童犯等许许多多的坏东西。据说有人在调查，将来会做出某些补救措施，具体如何，不得而知。

而一些好心肠的人，对经济制度的这种悲惨的副产品感到痛心、厌恶，就像对一百多年以前的奴隶制度一样。玛丽·凯瑟琳和我一定成了我们的观众一再祈祷出现的奇迹：至少有一个无家可归的要饭婆得到了她的老情人的援救。

有人在啜泣。我自己也差不多要哭出来了。

"抱着她。"看热闹的人中有一个女人说。

我照着她说的抱着玛丽·凯瑟琳。

我觉得自己抱着的是一捆破布包裹的干柴。这时我禁不住哭了起来。这是那天早上我发现我妻子死在床上——在马里兰州切维蔡斯我们的砖砌小平房里——以来第一次流泪。

15

　　谢谢上帝，我的鼻子那时正好堵住了，这是天大的幸事。鼻子闻到了恶臭是会告诉你的。但是如果鼻子的主人还是不走，那么鼻子就会觉得，这气味并不十分难闻，它就闭上不闻，遵从主人比它聪明的意见。这样你就可以吃林堡干酪[1]，或者在第五大道和四十二号街交叉口上拥抱老情人那发臭的形同残骸的躯体。

　　我甚至觉得玛丽·凯瑟琳好像已死在我的怀抱中似的。说老实话，这样对我也无妨。因为我可以带她去什么地方呢？还有什么比她在年轻漂亮时认识的一个男人拥抱了她以后就马上魂归天堂更理想的结局呢？

　　那样才好呢。不过那样的话，我就当不了拉姆杰克公司乡村乐唱片部的执行副总裁了。我如今就会露天躺在鲍里街的一家小酒店外面，被一个少年恶作剧地浇上汽油，一把火烧了。

1　以臭出名的食物。

玛丽·凯瑟琳如今轻声地对我说："一定是上帝把你送来的。"

"好了，好了。"我一边说，一边仍搂着她。

"我再也没有人能信赖了。"她说。

"好了，好了。"我说。

"大家都要害我，"她说，"他们要砍掉我的手。"

"好了，好了。"我说。

"我以为你已死了。"她说。

"没有死，没有死。"我说。

"我以为大家都死了，只剩下我一个。"她说。

"好了，好了。"我说。

"我仍相信革命，沃尔特。"她说。

"我很高兴。"我说。

"大家都丧了气，"她说，"我从来没有丧气。"

"你是好样的。"我说。

"我每天都在为革命奋斗。"她说。

"我相信。"我说。

"你会大吃一惊的。"她说。

"带她去洗一个热水澡。"人群中有人说。

"带她去好好吃一顿。"又有人说。

"革命就要发生了，沃尔特——快得你想不到。"玛丽·凯瑟琳说。

"我有个酒店房间，你可以去休息一下，"我说，"我还有一点儿钱，不多，但有一些。"

166

"钱。"她说，笑了。她不把钱放在心上。这一点没有丝毫改变，同四十年前完全一样。

"我们去吧？"我说，"我的房间离这儿不远。"

"我知道有一个更好的地方。"她说。

"给她吃一天一粒的维生素片。"人群中有人说。

"跟我来，沃尔特。"玛丽·凯瑟琳说。她又坚强起来了。如今是玛丽·凯瑟琳摆脱了我，而不是我摆脱了她。她又粗声粗气起来。我捡起了她的三只袋子，她捡起来另外三只。结果，我们的最终目的地竟是克莱斯勒大厦的顶层、美国竖琴公司安静的陈列室。不过首先，我们得让看热闹的人让开，她又开始把挡道的人叫作"资本家的屁""虚肿的财阀""吸血鬼"等。

她穿着宽敞的篮球鞋怎么走路呢？她的两只鞋很少离开地面，是一前一后地拖着走的，就像踩着越野滑雪板一样，而她的上身和购物袋就向左右两边一摇一摆。这个一摇一摆的要饭婆走起来还飞快！我们一离开看热闹的人，我就得气喘吁吁地跟着她。我们当然成了众目睽睽的对象。谁也没有见过一个提购物袋的要饭婆还带着一个助手的。

我们走到中央火车站时，玛丽·凯瑟琳说，我们得弄清楚有没有人盯我们的梢。她带着我上下各种楼梯，观察背后有没有人尾随我们。我们穿过牡蛎酒吧三次，她终于把我带到了一条灯光幽暗的过道尽头的一扇铁门前。当然没有别人在场。我们的心怦怦地跳着。

我们喘过气来以后，她对我说："我要给你看一件东西，你可绝对不能告诉别人。"

"我保证不告诉别人。"我说。

"这是咱俩的秘密。"她说。

"好的。"我说。

我原来以为我们是在车站最深的地方。我完全错了！玛丽·凯瑟琳打开了铁门，里面有条通往下方的铁梯，越走越深，下面有个像卡尔斯巴德洞穴[1]一样大的秘密世界。它现在不再做什么用途了，不然可以当作恐龙的躲藏处。事实上它以前是另一个现已灭绝的巨兽家族——蒸汽火车——的修理车间。

我们顺着铁梯下去。

我的天——这里以前放的机器一定很大！在这里做工的人的手艺一定很巧！我想大概是为了遵照防火规定，到处都亮着电灯泡；还有灭鼠药。除此之外就没有东西能说明多年以来有人到过此处了。

"这就是我的家，沃尔特。"她说。

"你的什么？"我问。

"你难道要我露天过夜吗？"她说。

"当然不。"我说。

"那么，"她说，"我有这样一个安静的家，你应该感到高兴。"

"我是感到高兴。"我说。

"你不但同我说了话——还搂了我，"她说，"因此我知道我

1　美国西部的一处巨大地下洞穴，深约491千米，形成于距今2.99亿—2.52亿年前的二叠纪。

能信赖你。"

"嗯。"我说。

"你没有要我的手。"她说。

"没有。"我说。

"你知道有好几千万穷人流落在街头，找不到人们愿意给他们用的厕所？"她说。

"我想是吧。"我说。

"瞧这里。"她说，她把我带到一间一排排尽是马桶的房间。

"这里有马桶，真叫人放心。"我说。

"你不会告诉别人吧？"她说。

"不会。"我说。

"我把这样的秘密告诉你，也就把命交在你的手中了。"她说。

"我感到很荣幸。"我说。

接着我们就离开那个地下室往上爬。她带我穿过列克星敦大道下面的一条隧道，爬上一段楼梯，就到了克莱斯勒大厦的大厅。她滑雪似的走过大厅，到一部等着我们的电梯中，我在后面跟跄地跟着。一个门卫向我们大喊，但已来不及制止我们。我们进了电梯，玛丽·凯瑟琳按了顶层的按钮，电梯门把门卫气呼呼的脸关在外面。

电梯里没有旁人，我们一直往上升。不一会儿，电梯门就无声地滑开了，我们到了这座大厦的不锈钢顶层上一个人间无处寻觅的美丽和安静的地方。我以前心里常常在纳闷儿，这高楼顶上是什么。如今我知道了。尖顶在我们头上有七十英尺高。我敬畏地抬头望去，在我们与尖顶之间，除了铁架以外，什么也没有，有的只是空气、空气和空气。

"真是浪费空间！"我心里想。但是接着我发现还是有住户的。好多好多淡黄色的小鸟栖居在铁架上，或者在怪诞的窗户透过来的各色光线中，在屋顶的大三角形玻璃透过来的各色光线中，扑翅飞来飞去。

我们脚下广阔的地板边缘铺上了绿色的地毯，中间是个喷水的喷泉。到处放着公园里的长凳和塑像，中间散落着竖琴。

我在前面已经说过，这是美国竖琴公司的商品陈列室。这家公司不久前已成为拉姆杰克公司的一家子公司。自从一九三一年该大厦落成以来，这家公司就占用了这地方。我所看到的鸟，也就是蓝翅黄森莺，都是当时放生的一对鸟的后代。

在电梯旁有一个维多利亚式的小间，里面放着销售员和他秘书的办公桌。一个女人在里面哭泣。这个早上流的眼泪可真不少！这本书里写的眼泪也真不少！

小间里走出来一个我所见到过的年纪最大的老头儿。他身穿燕尾礼服、条纹裤和鞋罩。他是唯一的销售员，自一九三一年以来就在这里工作。他就是那个亲手把两只蓝翅黄森莺从笼中放出来在这里翱翔的人。他年已九十二岁了！他看上去像已入暮年的约翰·洛克菲勒，或者说，像具僵尸。他身上唯一滋润的地方似乎就只有他眼球表面的淡淡水汽了。不过，他不是毫无防御能力的。他是一家手枪俱乐部的主席，该俱乐部每周末用人形靶子练习射击。他的办公桌上有一把和杜宾犬一般大的装了子弹的卢格尔手枪。他一直在等候抢劫案的出现。

"哦——是你。"他对玛丽·凯瑟琳说,她的回答则是:"对的,是我。"她已习惯于每天到这里来坐上几小时了。他们之间的协议是,一有顾客出现,她就带着购物袋销声匿迹。还有一个协议,如今玛丽·凯瑟琳却违反了。

"我想我告诉过你,"他对她说,"你不能带任何人来,也不能告诉别人,上面有多好。"

由于我提着三只购物袋,因此他以为我是另一个流浪汉,一个提着购物袋的老乞丐。

"他不是要饭的,"玛丽·凯瑟琳说,"他是哈佛大学出身的。"

他一点儿也不相信。"原来如此。"他说,上下打量我一番。附带说一句,他本人连小学也没有毕业。他小的时候没有禁止童工的法律,他十岁就到美国竖琴公司的芝加哥工厂去做工了。"我听人家说,一个哈佛大学出身的人,你一眼就能看出来,"他说,"可是在这位身上,你什么也看不出来。"

"我从来不知道哈佛大学出身的人身上有什么特别的地方。"

"咱俩有一样的看法。"他说。他态度恶劣,存心要我走开。"这里不是救世军。"他说。这位是在格罗弗·克利夫兰当总统的时候出世的。真想不到!他对玛丽·凯瑟琳说:"说真的——我对你很失望,把闲人带来。明天是不是有三个,后天二十个?基督教义是有限度的,你知道。"

我在这时犯了一个错误,在我第一天完全自由的日子里,不到中午就可能因为这个错误而被送回监狱。"说实话,"我说,"我到这里来有业务要谈。"

"你要买一架竖琴？"他说，"价格至少是七千美元，你知道。买支卡祖笛怎么样？"

"我希望你能告诉我，"我说，"什么地方能买到单簧管的零件——不是整支的单簧管，而是零件。"我说这话并不是一本正经的。我是根据我在阿拉帕霍酒店的房间最底下一个抽屉里的东西来推想一桩可能的买卖。

那个老头儿好像触电了一样，但没有表露出来。那个小间里的布告板上钉着一张通知，要他如果遇到有人表示对买进或卖出单簧管零件有兴趣，就立即报告警方。据他后来告诉我，这个通知钉在那里已有几个月了——"像是一时糊涂买来的彩票一样"。他从来没有想过中彩。他的名字叫德尔马·珀尔。

德尔马后来不错，把那通知送给我当纪念品，我就把它挂在拉姆杰克公司办公室的墙上。我在拉姆杰克公司成了他的上级，因为美国竖琴公司是我主管的那个分部的一家子公司。

不过，在我们初次见面的那一天，我当然不是他的上级。他在同我玩猫捉耗子的游戏。"许多零件，还是几个零件？"他狡猾地问。

"说实话，不少，"我说，"我知道你本人不做单簧管生意——"

"可你还是找对了地方，"他马上叫我放心，"做这生意的人我都认识。如果你和X太太愿意稍等一下，我就马上去打几个电话。"

"你太客气了。"我说。

“一点儿也不。”他说。

“X太太”就是他称呼玛丽·凯瑟琳的名字。这是她告诉他的名字。她有一天偶然闯进来，想甩掉追赶她的人。他对提购物袋的要饭婆不放心，但他又是个虔诚的基督徒，因此就让她留下来了。

这时，小间里的哭声轻了一些。

德尔马把我们带到离小间很远的长凳上坐下，好让我们听不到他叫警察。我们坐下后，他问：“舒服吗？”

“很舒服，谢谢你。”我说。

他搓着双手。“来杯咖啡怎么样？”他说。

“这叫我神经紧张。”玛丽·凯瑟琳说。

“加上糖和奶油，要是不太麻烦的话。”我说。

“一点儿也不麻烦。”他说。

“多丽丝怎么啦？”玛丽·凯瑟琳问。那是在小间里哭泣的女秘书的名字。她的全名叫多丽丝·克拉姆。她也已经八十七岁了。

在我的建议下，《人物》杂志最近发表了一篇关于德尔马和多丽丝的报道，说他们是世界上，也许是人类历史上，最老的一对上司和秘书。那是一篇很有趣的报道。报道上有一张照片，拍的是德尔马和他的手枪，还引用他的话说，谁要是想抢美国竖琴公司，“……谁就会马上悔之莫及”。

如今他告诉玛丽·凯瑟琳，多丽丝是因为祸不单行，接连遭到两个惨重打击而哭的。一是前一天下午她接到通知，公司要她马上退休，因为美国竖琴公司已被拉姆杰克公司接管。而无论哪里的拉姆杰克公司雇员的退休年龄都是六十五岁，只有监督人员例外。二是当天早晨，她在清理办公桌的时候，接到一份电报说她的侄曾孙女在佛罗里达州的萨拉索塔参加高中毕业舞会后因车祸而死。他解释说，多丽丝自己没有子女，因此旁系亲属对她来说非常重要。

附带说一句，德尔马和多丽丝在那楼顶上基本没什么事，而且以后也基本没什么事。成为拉姆杰克公司的经理后，我很骄傲美国竖琴公司生产的竖琴是世界上最好的竖琴。你很可能以为如今最好的竖琴是意大利、日本或者联邦德国生产的，因为美国的制琴手艺几乎已经退化了。但是不然——甚至那些国家的音乐家，甚至苏联的音乐家也同意：只有美国竖琴公司生产的竖琴才是上乘货。但是竖琴生意从来不是，也永远成不了大买卖——也许除非在天堂里。因此竖琴交易的利润情况可以说是很荒唐的，荒唐到我最近进行了一次调查，想要弄清楚拉姆杰克公司当初为什么收购美国竖琴公司。我弄清楚的情况是，这是为了夺得克莱斯勒大厦顶层的令人难以置信的租赁权。该租约要到二〇三一年才到期，每个月租金才二百美元！阿帕德·利恩想把这个地方变成餐厅。

美国竖琴公司在芝加哥有个工厂，雇有六十五名工人，不过这无关紧要。要是不能在一两年内获得可观的利润，拉姆杰克公司就会把工厂关了。

要心平气和。

<u>16</u>

　　玛丽·凯瑟琳·奥卢尼当然就是那个神话般的人物杰克·格雷厄姆夫人，也是拉姆杰克公司的控股人。她把印台和纸笔藏在篮球鞋里。那双球鞋就是她的银行保险箱，不弄醒她是偷不走的。

　　她后来硬说她是在电梯里告诉我她的身份的。

　　我只能这么回答她："玛丽·凯瑟琳，要是我听到过你这么说，我一定会记得的。"

　　要是我知道她是谁，她的关于别人要砍掉她的手的话听起来就有些合理了。凡是能够弄到她的手的人就可以把她的手腕起来，把身体其余部分扔掉，用她的手指控制整个拉姆杰克公司。怪不得她总是到处躲藏，怪不得她在任何地方都不肯泄露她的真实身份。

　　怪不得她对谁都不信任。在咱们这个地球上，金钱重于一切，哪怕是最和善可亲的人也很可能突然中了邪，财迷心窍，要谋害她，好让自己的亲人过得优哉游哉。这事一刹那就可以做到，然后随着时间的流逝，被人们淡忘。日月如梭，光阴似箭啊。

　　她的身躯是那么瘦小羸弱。把她宰了，砍下她的手，不会比一座机械化养鸡场一天宰一万只鸡更可怕。当然，拉姆杰克公司拥有肯德基公司。我在幕后看到过那次的收购行动。

　　关于我在电梯里没有听到她说过她就是杰克·格雷厄姆夫人的事：

　　我只记得电梯上升到顶层时，我的耳朵因为突然升高出了毛病。我们一下子上升了一千英尺，中途没有停顿。此外，不管是不是暂时失聪，我打开了我的自动谈话装备。我根本没有在想她说了些什么，或者我自己说了些什么。我只是在想，我们俩都远离了人类的主流后，我们所能做的就只有用动物的声音互相安慰了。我记得她曾经说，她拥有华尔道夫酒店，我还以为我听错了。

　　"我很高兴。"我说。

　　因此，当我坐在竖琴陈列室板凳上她的身旁时，她以为我已有了关于她的一个重要情报，其实不然。与此同时，德尔马·珀尔却在打电话给警察，还把多丽丝也支了出去，说她是去买咖啡，实际上是到街上去找警察。

　　结果真不巧，就在三个街区远的联合国大厦附近的公园里发生了一场骚乱，警察都去那里了。那里有失业的白人青年在用棒球棍殴打他们认为是同性恋的人。他们把一个人扔进了伊斯特河，结果那人是斯里兰卡的财政部部长！

　　我后来在警察局遇到了几个这样的青年，他们大概也以为我是个同性恋者。其中一个解开裤子对我说："喂，老爷子——你要吗？来吧，来吧！"以及其他诸如此类的话。

我要说的是，警察一时来不了，差不多一小时内来不了。因此玛丽·凯瑟琳和我有机会做了一次长谈。她在这里感到安全，就不装疯卖傻了。

那次谈话是很感人的。只有她的身体衰老了，而她的声音和它所暗含的精神还是属于原来的她：一个乐观的十八岁姑娘。

"大家都会有好日子过的，"她在美国竖琴公司陈列室对我说，"我一直有预感，事情最终会这样解决的。一切都会顺利解决。"

她的心地多么好！我爱过的四个女人的心地都是那么好！在我多少算是与玛丽·凯瑟琳同居的几个月中，她读了我作为哈佛大学学生读过的或假装读过的全部书籍。对我来说读这些书是苦差事，可对玛丽·凯瑟琳来说却是一顿丰盛的筵席。她读起我的书来，就像一个食人族大口吞噬勇敢的老敌人的心房一样。这些书的精华都成了她的了。她有一次说到我的藏书："世界上最伟大的书，由世界上最有智慧的人，在世界上最伟大的大学里，教给世界上最聪明的学生。"

要心平气和。

你就把我的妻子露丝同玛丽·凯瑟琳相比较吧。露丝是死亡集中营里的奥菲莉亚。她甚至认为最聪明的人也是愚蠢的，因为他们把心里的想法说出来，而这只会把事情弄得更糟糕。设立死亡集中营的，毕竟也是思想家呀。设立死亡集中营，铺上铁路支线，让焚尸炉日夜开工，这不是一个笨蛋所能做到的。笨蛋也解释不了，为什么死亡集中营归根结底来说还是人道的。

要心平气和。

因此我和玛丽·凯瑟琳就在那些竖琴堆里。我现在回想起来，那些竖琴的形状都很奇怪，与可怜的露丝在和平时期所想到的文明观念相距不远——希腊式圆柱和达·芬奇的飞行器的荒诞结合。

附带提一句，竖琴是一种自我毁灭的东西。我后来在拉姆杰克公司做了竖琴生意以后，我就希望美国竖琴公司的资产中会有一些好的旧琴，可以与斯特拉迪瓦里制的小提琴和阿马蒂斯公司出品的小提琴一样价值非凡。这个梦想却毫无实现的可能。竖琴的弦要绷得很紧，绷紧之后，不好再放松，因此过了五十年就不能弹奏了，只能被扔在垃圾堆里或放在博物馆中。

对于蓝翅黄森莺，我也有了一些很有意思的发现。它们是唯一一种被逮住关起来以后会有家禽的好习惯的鸟类。你大概以为竖琴得用檐篷保护起来，以免蓝翅黄森莺的粪便掉在上面——但其实一点儿也不需要！蓝翅黄森莺在到处放着的茶杯里拉屎。显然，要是在自然状态下，它们就会将粪便拉在别的鸟类的巢里。现在，它们以为茶杯就是别的鸟类的巢。

活到老，学到老！

话说我和玛丽·凯瑟琳坐在这许多竖琴堆里，头上有蓝翅黄森莺在飞，外面有警察追踪前来——

"我的丈夫死后，沃尔特，"她说，"我很悲伤，就酗起酒来。"她的丈夫想必是杰克·格雷厄姆，那个创办拉姆杰克公司的离群索居的工程师。他并不是白手起家创办那家公司的。他一生下来就是亿万富豪。不过，当然，她说的也可能是一个管道工，或者卡车司机，或者大学教授，或者任何人。

她说她曾经到肯塔基州路易斯维尔市一家私人疗养院去接受休克疗法，把她从一九三五年到一九五五年的记忆全部抹掉了。这就不难理解她为什么认为她仍能信得过我。我把她无情地丢掉的事，以及我后来把利兰·克卢斯出卖的事，她统统忘掉了。她以为我仍是一九三五年的那个热情的理想主义者。她不知道我在水门事件中扮演的角色。大家都不知道我在水门事件中扮演的角色。

"我必须编造许多记忆，"她继续说，"只是为了填补这些空白。我知道发生了一场大战，我还记得你是多么痛恨法西斯主义。我曾经在什么地方的一个海滩上看到过你，你穿着军装，背上还挂着步枪，海水轻轻地冲洗着你，你的眼睛睁得大大的。沃尔特，因为你已经死了。你的眼睛直直地瞪着太阳。"

我们相对无言了一会儿。我们头顶高处的一只黄色蓝翅黄森莺叫得好像它的心都快要碎了。蓝翅黄森莺的叫声单调得出奇，我必须先承认这一点。我不想冒着让我的整个故事失去可信性的危险，来吹捧蓝翅黄森莺唱的歌可以和波士顿乐队的流行歌曲媲美。但是话仍得说回来，蓝翅黄森莺的确是能够表现出心碎的，当然，是在一定限度之内。

"我自己也有过同样的梦，"我说，"玛丽·凯瑟琳，我好多次希望这是真的。"

"不！不！不！"她表示不同意，"谢谢上帝，你还活着！谢谢上帝，还有个忧国忧民的人活着。沃尔特，我在这个城市里已流浪了好多年了，心里想，'那些忧国忧民的人都已死了'。可你却出现了。"

"玛丽·凯瑟琳，"我说，"你应该知道，我刚刚出狱。"

"那有什么关系！"她说，"好人总是进监狱。唉，谢谢上帝，你还活着！咱们一起来改造这个国家，改造这个世界吧！沃尔特，这事我一个人干不了。"

"是啊——我也认为干不了。"我说。

"我只是勉强活着，"她说，"除了勉强活着，我什么事也干不了。我就是这么孤苦伶仃。我不需要很多帮助，不过我的确需要一些帮助。"

"我明白其中的困难。"我说。

"我的眼力虽然不行了，但是要是把字写得大一些，我还是能够看清的，"她说，"但是没法再看清楚报纸上的消息了。我的眼睛——"她说她曾经溜到酒吧间、百货商店、汽车旅馆去听电视新闻，可是那些电视机从来不换到新闻节目的频道。有时她偶尔在别人的手提收音机里听到一星半点儿的新闻，但收音机主人一听到新闻节目就往往把电台调到音乐节目。

我想起了那天早上听到的警犬吃掉孩子的消息，就告诉她不听也罢，不会有太多损失的。

"要是我不知道世界大事，"她说，"我怎么能做出合情合理的计划来呢？"

"那确实不行。"我说。

"我怎么能根据《劳伦斯·韦尔克》音乐节目、《芝麻街》和《全家福》电视节目制订革命计划呢？"她说。这些节目都是拉姆杰克公司赞助的。

"你当然不能够。"我说。

"我需要确凿可靠的情报。"她说。

"你当然需要。"我说，"我们都需要。"

"这都是些废话，"她说，"我在垃圾桶里捡到了这本叫《人物》的杂志。"她说，"但它说的不是人物，而是废话。"

这一切在我看来都很悲哀：一个提着购物袋的老太婆希望根据报刊电台告诉她的关于世界大事的情报，来计划她在市里的流浪和捡破烂儿的活动。

她也觉得很悲哀。"杰姬·奥纳西斯[1]和弗兰克·辛纳特拉[2]，还有甜饼怪[3]和阿奇·邦克[4]都拍了电影，"她说，"因此我研究他们干了些什么，决定玛丽·凯瑟琳·奥卢尼也该干什么。"

"可是如今我有了你，"她说，"你就可以充当我的耳目——给我出主意了！"

"充当你的耳目，也许还可以，"我说，"在出主意想办法方面，我最近没有什么成就。"

"唉——要是肯尼思·惠斯勒还活着就好了。"她说。

她还不如说："要是唐老鸭也还活着就好了。"肯尼思·惠斯勒是我以前崇拜的一个劳工领袖——可是如今我对他已毫无崇敬

---

1 美国总统约翰·肯尼迪的妻子杰奎琳·肯尼迪。
2 美国歌手、演员、主持人。
3 前文提到的儿童节目《芝麻街》中的蓝色布偶，十分爱吃饼干。
4 前文提到的美剧《全家福》中的虚构角色，剧中他是一个"二战"老兵，也是一个工人。

之意了，已有多年没有想到他了。

"我们三个人在一起那就太棒了，"她继续说，"你、我，还有肯尼思·惠斯勒！"

惠斯勒要是一九四一年没有死在肯塔基煤矿爆炸事件中，如今大概也是个流浪汉。他一直坚持在当劳工领袖的同时也当一个普通工人，看到今天的工会领袖，一定会觉得他们娇嫩柔软、白里透红的手掌是不能容忍的。我同他握过手，他的手掌像鳄鱼背一样。他脸上的皱纹里嵌了那么多煤灰，就像黑色花纹文身一样。奇怪的是他也是哈佛大学出身——一九二一届的。

"好吧，"玛丽·凯瑟琳说，"至少还有咱俩——现在咱们就开始采取行动吧。"

"你有什么建议，我总是乐于接受的。"我说。

"也许不值得做。"她说。

她指的是把美国人民从他们的经济制度下拯救出来，但我以为她指的是一般的人生。因此我提到一般的人生也有值得的，但似乎太长了一些。例如，要是我眉间中了法西斯的枪弹而死在海滩上，那我的一生就很杰出了。

"也许现在已经没有好人了，"她说，"我觉得他们都很卑鄙。他们不像大萧条时期那样了，我再也看不到有人和善待人了。甚至没有人愿意同我说话。"

她问我在什么地方遇到过好心的事。我想了一会儿，发现打从出狱以后遇到的几乎都是好心的事。我告诉了她。

"但是这是我的看法。"她说。肯定如此。大多数人能看得下去的丑相是有一定限度的，玛丽·凯瑟琳和她所有要饭的姐妹都超出了这个限度。

她很热切地想知道我所遇到的一桩桩好心事，以求证实美国人仍是好心肠的。因此我很乐意告诉她我重获自由后二十四小时内的经历，从看守克莱德·卡特对我的好心开始，然后是供应科职员兼科幻小说家鲍伯·芬德医生，接着当然是克利夫兰·劳斯让我搭他的高级轿车。

玛丽·凯瑟琳听了惊叹不已，重复着他们的姓名，以便牢牢记住。"他们是圣徒！"她说，"原来如今世界上还有圣徒！"

受到了这样的鼓励，我又添油加醋地谈到阿拉帕霍酒店夜班前台人员——伊斯雷尔·埃德尔——对我的款待，第二天早上罗耶尔顿酒店咖啡馆里的职工对我的款待。我无法把老板的名字告诉她，只能形容一下他同旁人在外表上的不同。"他的手被油炸坏了。"我说。

"一只手被油炸坏的圣徒！"她惊讶地说。

"不错，"我说，"而且你自己也看到了一个我以为与我不共戴天的仇人。他就是那个提着样品箱的蓝色眼珠的高个子。你也听到他说他已原谅了我的过错，还邀我去同他一起吃饭。"

"请把他的名字再告诉我一遍。"她说。

"利兰·克卢斯。"我说。

"圣徒利兰·克卢斯，"她崇敬地说，"你瞧，你今天已经帮了我多大的忙！要是我自己，是永远不可能发现这些好心人的。"接着她表演了一个记忆法上的小奇迹，按先后次序逐一把所有姓名重复了一遍，"克莱德·卡特、鲍伯·芬德、克利夫兰·劳斯、伊斯雷尔·埃德尔、一只手被油炸坏的人和利兰·克卢斯。"

玛丽·凯瑟琳脱掉了一只篮球鞋——不是放印台、纸笔、遗嘱等财产的那只鞋。她脱下的那只鞋里塞满了有纪念意义的东西。我前面已经说过，里面有我写的虚伪的情书。但是她特别热心地要我看一张她说的"我最喜欢的两个人"的照片。

照片上是我一直以来的偶像，哈佛大学出身的劳工组织者肯尼思·惠斯勒，在同一个傻乎乎的身材矮小的大学生握手。那个大学生就是我。我的两只招风耳就像两个大奖杯。

这时警察终于噔噔噔地来逮我了。

"我会救你的，沃尔特，"玛丽·凯瑟琳说，"以后咱们再一起来拯救世界。"

说实话，能摆脱她反而让我觉得好过一些。我装出不愿离开的样子。"你自己多多保重，玛丽·凯瑟琳，"我说，"看来咱们得分手了。"

17

　　我把在大萧条时期最严重的时候，也就是一九三五年，和肯尼思·惠斯勒一起拍的那张照片挂在我在拉姆杰克公司的办公室墙上，就在那张关于被窃的单簧管部件的告示旁边。这张照片是我头一次听到惠斯勒讲话的那天早上，玛丽·凯瑟琳用我的折叠式照相机拍的。惠斯勒那时在肯塔基州哈兰县做矿工和工会组织者，到剑桥市来参加一次集会，并在会上发表讲话，为国际砂纸胶布工人兄弟会的当地分会募款。

　　这个工会当时是共产党管理的，如今被一帮流氓控制了。说来也巧，我的刑期开始的时间正好是该工会终身主席在芬莱特的刑期快要结束的时候。在他坐牢期间，他二十三岁的女儿在巴哈马群岛上的别墅向整个工会发号施令。他同她的电话联系一直没断。他告诉我，如今工会会员几乎全是黑人和拉美裔美国人了。但在二十世纪三十年代，却全是白人——主要是斯堪的纳维亚人。我想在当时是不可能允许黑人或拉美裔的人参加工会的。

时势在变。

惠斯勒是在晚上讲话的。在他讲话前的下午，我头一次向玛丽·凯瑟琳·奥卢尼求欢。在我们年轻的思想里，这件事同我们就要听到一个真正的圣徒讲话，甚至与他产生接触，交杂在一起了。我想，没有比以亚当和夏娃的身份——还带着浓郁的苹果汁香味——在他或任何圣人面前出现更好的了。

我和玛丽·凯瑟琳在一个叫作阿瑟·冯·斯特里茨的人类学副教授的公寓中交欢。此人的专长是研究所罗门群岛的猎头者。他能说他们的语言，尊重他们的禁忌。他们信任他。他没有结婚，他的床也没有铺，他的公寓在布拉特尔街的一所木板房子的三楼。

给历史做一个注解：不仅是那所房子，甚至那套公寓后来都在一部非常流行的影片《爱情故事》中被当作布景。这部影片是我当初在尼克松政府工作时公映的。它在切维蔡斯放映时，我和我的妻子去看了。这是一个虚构的故事，讲的是一个有钱的盎格鲁–撒克逊裔的男学生不听他父亲的意见，娶了一个贫穷的意大利女学生。后来她得癌症死了。贵族父亲是由雷·米兰德扮演的，十分出色。这部影片就数他演得最好。露丝从头哭到尾。我们坐在电影院的后排，主要有两个原因：一是我可以吸烟，二是她的背后不会有人惊叹她体胖。但是我不能专心看戏，因为我对那套公寓和其中发生过的事太熟悉了。我甚至在等着看到阿瑟·冯·斯特里茨或者玛丽·凯瑟琳·奥卢尼甚至我自己登场。

世界真小。

我和玛丽·凯瑟琳可以借用这地方过一个周末。冯·斯特里茨把钥匙给了我。他当时到安角去看望一些德国流亡朋友了。他当时大概三十岁，在我看来似乎已经很老了。他生在普鲁士一个贵族家庭。一九三三年希特勒成了纳粹德国的独裁者时，他正好在哈佛大学讲学，就不愿回国，申请了美国国籍。他的父亲一直没有同他联系，后来指挥了党卫队的一个特种部队，在列宁格勒围城战时死于肺炎。我之所以知道他的父亲是怎样死的，是因为我在纽伦堡战争罪行审判时负责后勤工作，听到了法庭上关于他父亲的证词。

又是这句老话：世界真小。

他的父亲根据马丁·博尔曼（此人在纽伦堡受到缺席审判）的书面指令，把围城战时俘虏的所有平民和军人统统枪决。附带一提，列宁格勒的历史还不如纽约的久。真不可想象！真不可想象，一个著名的欧洲城市，里面尽是皇家珍宝，值得围攻，历史却比纽约还短！

阿瑟·冯·斯特里茨始终不知道他的父亲是怎么死的。他本人从一艘美国潜水艇上坐小船划到所罗门群岛上去做间谍，当时该群岛仍被日军占领着，他也就没有了音讯。

愿他在天之灵安息。

我记得，他当时认为给男人和女人定界限是很迫切的需要。否则的话，他认为，他们就永远是由机构的需要而被定界限的。他想到的机构主要是工厂和军队。

他是我认识的唯一戴独目镜的人。

如今十八岁的玛丽·凯瑟琳·奥卢尼躺在他的床上。我们刚刚交过欢。要是把她的裸体画下来就非常好了——白里透红的娇小身躯。但我从来没有看到过她的裸体。她很怕羞，我总是没有办法哄她脱光。

我自己则赤身裸体地站在窗前，下身正好被窗台遮住了。我觉得自己此刻很像雷神。

"你爱我吗，沃尔特？"玛丽·凯瑟琳朝着我的光屁股问。

我除了回答"我当然爱你"，还有什么好说的呢？

门外传来一声敲门声。我原来关照过《海湾州进步报》的联合编辑，有急事的话可以到哪里去找我。"谁？"我问。

门外有一阵仿佛小型汽油发动机发出的声音。这是我的恩主亚历山大·汉密尔顿·麦科恩，他决定悄悄地到剑桥市来亲自了解一下，我用他的钱在过什么样的生活。他因为口吃，说话像一台发动机。他口吃是因为一八九四年发生的凯霍加大屠杀。他结结巴巴地想说出自己的名字来。

<u>18</u>

我不知怎的忘了告诉他，我已成了一个共产主义者。

如今，他发现了这一点。他先到我在亚当楼的宿舍去找我，有人告诉他可以在《海湾州进步报》编辑部找到我。他去到《海湾州进步报》编辑部，弄清楚了这是一份什么样的刊物，知道了我是其中的合编者之一。现在，他腋下就夹着一份报纸站在门外。

我保持了镇静，刚刚放光了精液竟有这样的奇效。

玛丽·凯瑟琳遵从我手臂的无声信号，躲到洗澡间里。我披上了一件原来属于冯·斯特里茨的睡袍。这是他从所罗门群岛带回来的，看起来像用小木片做的，领口上和袖口上都有羽毛装饰。

我打开门，向麦科恩老先生（他当时六十出头）说"请进，请进"时，就是这身打扮。

他对我生了极大的气，以至于只能继续发出些发动机一般的声音："啵、啵、啵、啵、啵……"不过与此同时，他做了一个奇形怪状的哑剧动作，以示他对这份报纸是何等厌恶，它的封面漫画画的是个肥头大耳的资本家，看上去很像他；这个动作也表示他对我的衣着打扮，对凌乱的床，对冯·斯特里茨墙上的马克思画像是何等厌恶。

他砰地关上门走了。他自此同我断绝了关系！

我的童年时代从此终于结束。我开始成人。

那天晚上我就是以成人的身份，手挽着玛丽·凯瑟琳，去听肯尼思·惠斯勒在国际砂纸胶布工人兄弟会集会上的讲话。

我怎么能够这么镇定自若呢？这一年的学费已经付了，因此我毕业已不成问题。我有希望获得一份奖学金到牛津大学去深造。我有个超级棒的衣橱。我的零花钱大都攒了下来，因此在银行里有一笔不小的存款。

要是不得已的话，我还可以向母亲借钱，上帝保佑她的灵魂得到安息。

我真是个不知天高地厚的青年人！

我也是个寡情绝义的青年人！我心里已经明白，那一学年结束，我就要丢掉玛丽·凯瑟琳。我会再写几封情书给她，然后杳无音讯。她的出身太卑微了。

那天晚上惠斯勒的太阳穴上裹着绷带，右臂绑着石膏。请记住，这个人是哈佛大学毕业生，出身于辛辛那提一个正派人家。他和我一样，是俄亥俄州人。我和玛丽·凯瑟琳都认为他大概又被恶势力揍了一顿——警察，或者国民警卫队，或者民主党支持者中的暴徒。

我握紧了玛丽·凯瑟琳的手。

以前从来没有人对她说过爱她。

我穿了一套正式衣服，系了领带，在场的大多数男人都是如此。我们要显得我们都是有教养的头脑清醒的上等人。肯尼思·惠斯勒看上去很像一个生意人。他甚至还擦亮了皮鞋。

这曾经是自尊的重要标志——擦亮皮鞋。

惠斯勒的讲话一开始就针对头上缠的绷带开玩笑，说这是"七六精神"[1]。

大家都笑啊笑的，虽然这次集会可不是为了什么令人高兴的事。大约在一个月以前，工会全部的会员都被解雇了，原因是他们参加了工会。他们是制造砂轮的，附近这一带只有一家工厂能采用他们的技术，那就是约翰森砂轮公司，也就是把他们开除的公司。他们本来是专业的陶工，负责把软材料捏出形状，放入窑里烧制。他们大多数人的祖祖辈辈都是斯堪的纳维亚半岛上的陶工，他们是被带到这个国家来学习新技术的。

集会是在剑桥市一家空铺子里举行的。巧的是，折椅是一家殡仪馆捐赠的。玛丽·凯瑟琳和我坐在前排。

后来弄清楚了，惠斯勒是在一起平常的矿井事故中受伤的。他说他正像"强盗"一样工作，把被挖空了煤层的矿井中的支柱拆下来，结果头上什么东西塌了下来。

他漫无目的地从在这样黑暗的地方干这样危险的活儿，谈到十五年前在丽兹大饭店举行的一次茶舞会上，有个叫尼尔斯·约翰

1　1776年大陆会议通过了由托马斯·杰斐逊起草的《独立宣言》，宣告美国的独立。文中此处应指独立精神。

森的哈佛大学同学，在男厕所玩骰子时使用灌铅的骰子，被当场拆穿。这个人就是如今把许多工人开除的约翰森砂轮公司的总经理。这家公司是约翰森的祖父创办的。他说大家把约翰森的脑袋按到了抽水马桶里，目的是教训他一下，希望他以后永远不会再用灌铅的骰子。

"但是他在这里又用灌铅的骰子了。"他说。

他说，许多坏事都可以追究哈佛大学的责任，包括处死萨科和万泽蒂，但是出了一个约翰森，哈佛大学却是没有责任的。"他在那里的时候从来没有听过一次课，写过一篇论文，读过一本书，"他说，"他在大学二年级结束时就被通知退学。"

"唉，我可怜他！"他说，"我甚至理解他。他不用灌铅的骰子就没有别的办法骗钱。他是怎样对你们使用灌铅的骰子的？那些支持他开除任何站出来捍卫工人基本权利的人的法律——那些就是灌铅的骰子；那些会保护他的产权却不会保护你们的人权的警察——那些就是灌铅的骰子。"

惠斯勒问被解雇的工人，约翰森对砂轮的制造懂得多少，愿意懂得多少。这话问得多精明！在当时要同工人做朋友，启发他们像哲学家一样深刻地批评他们所处的社会，最好的办法莫过于请他们谈谈他们自以为最精通的一个话题——他们干的那一行。

他后来的发言很值得一听。一个工人接着一个工人出来证明，约翰森的父亲和祖父虽然也是浑蛋，但是他们至少还懂一点儿怎样办厂。在他们当家的日子，优质原料准时来货，机器得到很好的保养，暖气和厕所不出毛病，做工有奖有罚，次品从不出厂，如此等等。

惠斯勒问他们，他们自己人里有没有人能比尼尔斯·约翰森办厂办得更好。在这个问题上有一个工人代表全体讲话。"当然有，"他说，"这里随便哪一个都可以。"

惠斯勒又问他，他是不是认为一个人可以继承一家工厂。

那个人经过考虑后的答复是："要是他害怕工厂和厂里的人就不可以——不可以，先生。"

这个探索中得出的智慧给我的印象至今仍很深刻。在我看来，人们有的时候能够做的合情合理的祷告可能是这样："亲爱的主啊——千万别让我管一个被吓怕了的人。"

肯尼思·惠斯勒向我们保证，工人们接管工厂并为人类服务的时刻已经来了。原来被寄生虫和贪官污吏拿去的利润要归还给劳动人民。老弱病残、孤儿寡母，凡是能劳动的人都要劳动。将来只有一个阶级——工人阶级。人人都要轮流做人们最讨厌的工作，比如当医生的一年中可能要抽出一个星期当捡垃圾的。奢侈品要停止生产，直到每个公民的基本需求都得到满足。医疗保健将是免费的。食品价格便宜，富有营养，供应充裕。大厦、酒店、办公大楼一律要改为小型公寓，等到大家都有适当住处了再说。住房将通过抽签的方式分配。不再打仗，最终也不再有国界，因为世界上的所有人都属于同一阶级，利害与共——那就是工人阶级的利益。

他说啊说。

真是能说会道！

玛丽·凯瑟琳在我耳边悄声说："你会和他一样，沃尔特。"

"我尽力而为。"我说。我可没有要尽力的意思。

我写这部自传时最感到难为情的事，莫过于处处都证明了我不是个严肃认真的人。多年来我遇到了不少困难，但都是偶然的。我从来没有拿我自己的生命，或者安逸的生活，为全人类冒过风险。我真可耻。

以前听过肯尼思·惠斯勒讲话的人要求他再讲一讲在萨科和万泽蒂被处决时，他在查尔斯顿监狱外面领导工人罢工的事。说来奇怪，如今我得向人解释萨科和万泽蒂是谁了。我最近问拉姆杰克公司年轻的伊斯雷尔·埃德尔，也就是以前阿拉帕霍酒店的夜班前台人员，对萨科和万泽蒂有无了解。他颇有自信地告诉我，他们是芝加哥两个有钱的杀人取乐的凶手。他把萨科和万泽蒂同杀人犯李奥波德与勒伯搞混了。

我为什么对此感到不安？我年轻的时候以为，萨科和万泽蒂的故事有一天会像耶稣的故事一样世世代代传下去，同样地动人心弦，感人泪下。现代人如果要在他们这一辈子中找受难的事，以电椅结束生命的萨科和万泽蒂的受难不是最感人的吗？

至于萨科和万泽蒂，作为现代受难者的最后几天，像在耶稣的殉难地一样，有三个底层阶级的人在同一天被处决。不过这一次，三个人中不是只有一个是无辜的。这一次，无辜的人有两个。

有罪的是一个名叫塞莱斯蒂诺·马德罗斯的著名劫匪和杀人犯，他是因另外一桩案件被定的罪。最后的时刻快来临时，他招认了萨科和万泽蒂被判罪的杀人事件是他干的。

为什么？

"我看到萨科的老婆带着孩子到这里来，我为这些孩子感到难过。"他说。

你不妨想象一下，在一出现代受难戏中，由一个好演员说出这几句台词。

马德罗斯先死。监狱的灯光熄了三次。

接着是萨科。三人之中，只有他有家眷。如果有演员扮演他，需要把他演成一个很有头脑的人，由于英语不是他的母语，也由于他不太能说会道，因此他被绑在电椅上的时候，不敢说什么使在场的人感到有些复杂的话。

"无政府主义万岁！"他说。"别了，我的妻子、孩子、所有的朋友！"他说。"晚安，先生们！"他说。"别了，母亲！"他说。他是个鞋匠。监狱的灯光熄了三次。

万泽蒂排在最后。他没有等别人叫他，就一屁股坐在让马德罗斯和萨科死去的电椅上。他没有等别人告诉他可以说话，就开始向在场的证人讲话。英语也是他的第二语言，但是他能够随心所欲地讲话。

请你听一听这些话：

"我希望告诉你们，"他说，"我是个无辜的人。我没有犯过什么罪，不过有时候也作过一些孽。我是清白的，没有犯任何罪——不仅没有犯这个罪，也没有犯其他罪。我是个无辜的人。"他被捕时是个鱼贩子。

"我希望原谅那些现在把我杀死的人。"他说。监狱的灯光熄了三次。

故事还没有完：

萨科和万泽蒂从来没有杀死过谁。他们在一九〇八年从意大利到美国来，互不相识。那也是我父母到美国的一年。

父亲当时十九岁，母亲二十一岁。

萨科十七岁，万泽蒂二十岁。当时美国的雇主们希望美国有大量廉价而又容易被控制的劳动力，这样就可以把工资压得低低的。

万泽蒂后来说："在移民站，我第一次见到意想不到的事。我看到那些官员把统舱的船客当作牲口一样对待，没有一句善意的话、鼓励的话来减轻初到美国海岸的人们心头的重压。"

父亲和母亲以前也常常告诉我同样的话。他们也觉得上了当，费尽九牛二虎之力，只是为了把自己送到屠宰场。

我的父母一上岸，就被克利夫兰的凯霍加桥梁与钢铁公司一个招工的招了去。麦科恩先生有一次告诉我，那个招工的奉命只招金发的斯拉夫人，这样做所根据的是他父亲的理论：金发的人像德国人一样在机械上心灵手巧，身体结实，而斯拉夫的血统让他们温顺听话。那个招工的任务是为厂里招收工人，另外也给麦科恩家招些模样出色的佣仆。我的父母就是这样进入佣仆阶级的。

萨科和万泽蒂则没有那么幸运。没有一个掮客想要他们那种形状的人形机器。"我该到哪儿去？我该做什么？"万泽蒂写道，"这里就是希望的国土。高架电车隆隆而过，没有回答我；汽车、电车从我身旁驶过，忽视了我。"因此他和萨科仍旧一筹莫展，为了不至于饿死，就得马上用结结巴巴的英语去找工作，不计工资，什么活儿都干——挨家挨户地去找。

时光流逝。

萨科在意大利原是鞋匠，所以在马萨诸塞州米尔福德镇上一家鞋厂里找到了工作。巧合的是，玛丽·凯瑟琳·奥卢尼的母亲就是在这个镇上降生的。后来萨科找到了一个老婆和一所有花园的房子。他们生了个儿子叫但丁，女儿叫伊内兹。萨科一星期干六天，一天干十小时的活儿。他还挤出时间来发表意见、捐款、参加示威活动，支持要求增加工资和改善工作条件等的罢工工人。一九一六年，他还因参与这种活动而被捕过。

万泽蒂没有手艺，因此在很多地方都干过——饭馆、采石场、钢铁厂、绳索厂。他是个认真的读书人。他研究马克思、达尔文、雨果、高尔基、托尔斯泰、左拉、但丁。在这一点上他同哈佛大学出身的人有共同的地方。他在一九一六年领导了一次绳索厂工人的罢工，那家工厂是马萨诸塞州普利茅斯的普利茅斯绳索公司的如今也是拉姆杰克公司的子公司。从此之后，各处工厂的黑名单上都有他的大名，因此他只好靠小本经营贩鱼为生了。

萨科和万泽蒂是在一九一六年相识并有了深交的。他们两人不谋而合地常常想到商业手段的残酷，因此都认为第一次世界大战的战场不过是尔虞我诈的危险争夺的延伸，少数人可以在那里牺牲千百万人的生命来为自己赚钱。他们俩也很清楚，美国很快就会卷入其中。他们不想被迫到欧洲的类似工厂去做牺牲品，因此都参加了美籍意裔的一个无政府主义小团体，并流亡到墨西哥，等战争结束后再回来。

所谓无政府主义者就是衷心相信政府是人民之敌的人。

我发现自己至今仍然认为萨科和万泽蒂的故事可能会使未来的后代刻骨铭心，也许只需要再讲几遍就行了。如果这样，那么他们逃到墨西哥去这件事可能就会被大家认为是一种非常神圣的共识的另一种表现而已。

不管怎么样，萨科和万泽蒂战后都回到了马萨诸塞州，并成了好朋友。他们的那种共识，不论是否神圣，是根据哈佛大学出身的人日常阅读且无不良影响的那些书本形成的，但是他们的大多数邻居却总是瞧不起这种共识。就是这些邻居，这些不愿让自己的前途遭到很多阻碍的人，如今对这种共识感到惊慌，特别是当这种共识是外国人所持有的时候。

司法部列了一个外国人的秘密名单，上面的人毫不掩饰地认为这片所谓的"应许之地"的领导人是何等不公、自欺欺人和无知贪婪。萨科和万泽蒂就名列其中，遭到了政府特务的跟踪。

一个叫安德烈亚·萨尔西多的，是万泽蒂的朋友，也名列其中。他在纽约市遭到了联邦特务人员的无故逮捕，被拘禁了八个星期。一九二〇年五月三日，萨尔西多从司法部所属的一幢十四层楼上办公室的窗户跌了下来——有可能是他自己跳下来的，也有可能是被人推下来的。

萨科和万泽蒂组织了一次集会，要求调查萨尔西多被捕和横死的原因。集会定于五月九日在马萨诸塞州布罗克顿举行，那是玛丽·凯瑟琳·奥卢尼的家乡。玛丽·凯瑟琳·奥卢尼当时六岁，我七岁。

集会开始前，萨科和万泽蒂就因为参与危险的激进活动而被逮捕。他们的罪名是持有召集工人们集会的传单，可能会被判处巨额罚金或最高一年的监禁。

可是接着他们突然被指控犯有两桩未找到凶手的杀人罪行。一个月以前，马萨诸塞州南布伦特里发生了抢劫工资案，有两个警卫被开枪打死了。

当然，这个罪名的刑罚要重一些了，他们两人要被放在一把电椅上，先后处死。

19

另外，万泽蒂还被指控企图在马萨诸塞州的布里奇沃特抢劫工资。他受到了审讯，被定了罪。因此他还没有和萨科一起因杀人案受审，就已经从一个普通的鱼贩子摇身一变成了一个有名的罪犯了。

万泽蒂真的犯了这桩较轻的罪吗？也许犯了，不过这无关紧要。谁说这无关紧要？审理该案的法官说这无关紧要。他是韦伯斯特·塞耶，达特茅斯学院的毕业生，新英格兰的名门之后。他告诉陪审团："此人虽然可能并没有犯下这桩被指控的罪，但是从道义上来说，他仍犯了罪，因为他是我们现有制度的敌人。"

我用名誉担保：这话是一位法官在一个美国的法庭上说的，引自我手头的一本书——《劳工运动不为人知的故事》，理查德·O.博耶和赫伯特·M.莫雷斯合著（统一战线出版社，旧金山，一九五五年出版）。

接着，这位塞耶法官开始审理萨科和著名匪徒万泽蒂的杀人案。他们在被捕一年以后被判定有罪——那是一九二一年七月，那时我八岁。

最后，他们在我十五岁时接受了电刑。我如今已记不得当时克利夫兰有什么人提起过这件事了。

不久前的一个上午，我在拉姆杰克大楼的电梯里同一个送信的交谈，他的年龄大概和我差不多。我问他记不记得在他小时候发生的那次电刑。他说记得，他听他父亲说，大家老是说萨科和万泽蒂，他都听腻了，谢天谢地现在总算结束了。

我问他，他父亲是干什么的。

"他是佛蒙特州蒙彼利埃一家银行的总裁。"他说。而他本人却是个穿着属于战争剩余物资的美国陆军军用大衣的老头儿。

芝加哥著名黑帮分子阿尔·卡彭[1]也认为萨科和万泽蒂应该通过电刑被处死。他也认为他们是关于美国的"美国式想法"的敌人。他对这些意大利移民同胞对美国这么忘恩负义感到愤慨。

根据《劳工运动不为人知的故事》记载，卡彭曾说："布尔什维克主义正在敲我们的大门……我们必须让工人们远离那些读物和诡计。"

这使我想起我在监狱里的朋友鲍伯·芬德医生写的一篇小说。这是一个关于将忘恩负义视为最重之罪的星球的故事。不断有人因为忘恩负义而被执行捷克斯洛伐克式死刑——他们被丢出去，被丢出高楼的窗户外。

芬德的小说主人公最后因忘恩负义而被丢出窗户，他从三十层

---

1 曾是芝加哥犯罪集团头目。

楼高的窗户上向下坠去时，最后说的话是："万——分感谢！"

但是，萨科和万泽蒂因忘恩负义而被执行马萨诸塞州式死刑之前，全世界各地都有大批群众出来抗议。鱼贩子和鞋匠成了誉满全球的著名人士。

"我们这一辈子从来没有机会，"万泽蒂说，"能够像现在这样，碰巧为宽容、为正义、为人与人之间的理解做这么多的工作。"

如果这是一部现代受难剧，那么演当局的演员，也就是演罗马派来的行政长官的演员，仍得对暴民的意见表示蔑视。不过他们这一次会赞成死刑，而不是反对死刑。

而且他们绝不会推卸任务。

事实上他们对自己要做的事情感到很骄傲，因此他们要求本州内三名最有智慧、最受尊敬、最客观公正的人组成委员会，向全世界声明正义是否得到伸张。

肯尼思·惠斯勒在那天晚上挑出来讲的就是萨科和万泽蒂的故事的这一部分——那已是很久以前的事了，他讲的时候，我和玛丽·凯瑟琳紧紧地握着手。

他极其轻蔑地谈到这三个智慧长者冠冕堂皇的身份。

其中一位是罗伯特·格伦特，他是一位已经告老退休的遗嘱认证法官，知道法律是怎么一回事，怎么执行法律。三人委员会的委员长是哈佛大学校长，当我上大学一年级时他还在当校长。不可想象。他叫A.劳伦斯·洛威尔。另外一位，据惠斯勒说，"……如果说别的不行的话，关于电的知识却很丰富"，他就是麻省理工学院院长塞缪尔·W. 斯特拉顿。

他们在审议时接到了成千上万的电报，有的赞成处决，但大多数反对。打电报的人有罗曼·罗兰、萧伯纳、阿尔伯特·爱因斯坦、约翰·高尔斯华绥、辛克莱·刘易斯、H. G. 威尔斯。

三人委员会最后宣布，他们认为，萨科和万泽蒂若被处以电刑，是公正的事。

即使最有智慧的人，他们的智慧也不过如此。

而我如今不得不怀疑，究竟世界上有没有智慧，或者能不能有智慧。

《圣经》里最有智慧的人是谁？——我们一般是不是可以假定他比哈佛大学校长还有智慧？他当然是所罗门国王。有两个妇人争夺一个孩子，然后到所罗门面前来要求他用智慧判断孩子是谁的。他建议把孩子切成两半。

马萨诸塞州最有智慧的人则说，萨科和万泽蒂两人该死。

他们做出裁决后，据我心目中的英雄人物肯尼思·惠斯勒说，他自己就在波士顿的马萨诸塞州议会外面领导示威活动。当时天在下雨。

"老天爷也表示同情。"他的双眼直瞪着坐在第一排的玛丽·凯瑟琳和我说。他说完大笑。

玛丽·凯瑟琳和我没有跟着他一起笑；听众里也没有人附和他。他的笑令人心寒，笑的是上天从来就不关心人类的想法。

惠斯勒在州议会门前领导示威活动有十天之久，一直到行刑那个晚上。然后，他带领示威者穿过曲折的街道，过桥到了查尔斯顿，那是监狱的所在地。示威者中间有埃德娜·圣·文森特·米莱、约翰·多斯·帕索斯、海伍德·布龙。

国民警卫队和警察在那里等候他们。墙上有机枪手，枪口对准群众，也就是要求当局慈悲为怀的人民。

而肯尼思·惠斯勒带的却只有一个大包，包中是一条卷得严严实实的又长又窄的横幅。

监狱的灯光开始一次次地熄灭了。

灯光熄灭了九次以后，惠斯勒和他的一个朋友就赶到停放萨科和万泽蒂尸体的殡仪馆。尸体对当局已毫无用处。它们又成了亲友们的财产。

惠斯勒告诉我们，在殡仪馆的前厅里放了两对锯木架，等待摆放棺材。这时惠斯勒和他的朋友打开横幅，钉在锯木架上面的墙上。

横幅上写的，就是判决萨科和万泽蒂死刑的那个人——韦伯斯特·塞耶在做出判决以后对他的一个朋友说的话：

　　你看到那一天，我是怎么对付那两个无政府主义杂种的吗？

20

萨科和万泽蒂从来没有失掉尊严——从来没有屈服。而沃尔特·F. 斯塔巴克最后却屈服了。

我在美国竖琴公司的陈列室中遭到逮捕时，态度似乎很从容。德尔马·珀尔老头儿把那张有关单簧管部件失窃的告示给两个警察看，说明要逮捕我的理由，这时我甚至一笑置之。毕竟，我有完美的不在场证明，说明案发时我根本不在场：过去两年里我一直被关在监狱里。

不过我把这话告诉他们时，并没有像我希望的那样减轻他们对我的怀疑。他们反而认为我也许比他们当初所预想的更可能是个亡命之徒。

我们到警察局时，里面正闹翻了天。电视台拍摄人员和报社记者都想凑近那些在联合国大厦附近的公园里闹事的年轻人，他们把斯里兰卡的财政部部长扔到了伊斯特河里。那个斯里兰卡人还没被捞到，因此这些闹事者大概要被指控犯有谋杀罪。

事实上，那个斯里兰卡人在两小时后被警察局的一艘巡逻艇救起。他们发现他紧紧抱着总督岛边上的一个钟形海标。第二天报纸上说他讲话"语无伦次"。我是相信这个报道的。

并没有人马上来讯问我。他们先要把我关一阵子。警察很忙，甚至找不到一个正式的拘留室给我。他们只给我一把椅子，让我坐在拘留室外面的走廊里。就是在这里，铁栏杆后面的闹事者侮辱了我，以为我最喜欢的事情莫过于同他们睡觉。

我终于被带到了地下室的一间装有软垫的拘留室里。这是专门为拘留疯子设计的，直到救护车来把他或她带走。里面没有马桶，因为疯子可能会朝马桶边撞脑袋寻死。里面也没有床或椅子。我只好坐在或躺在铺了软垫的地板上。奇怪的是，房间里唯一的物品是一个保龄球大奖杯，不知是谁放在这里的。我同它交了朋友。

这样，我就又回到了安静的地下室。

而且，我又被遗忘了，就像我在担任总统青年事务特别顾问时一样。

我被意外地丢在那里，从中午一直到晚上八点，没有吃的和喝的，没有马桶，外面也传不进一点儿声音来。——这就发生在我重获自由的第一天。这样就开始了我一度失败的品格考验。

我想到玛丽·凯瑟琳和她的遭遇。我当时仍不知道她就是杰克·格雷厄姆夫人，不过她告诉了我其他一些很有趣的关于她自己的情况：在我离开了哈佛大学以后，在我不再回她的信，甚至不再怎么想她以后，她搭便车去了肯塔基州，当时肯尼思·惠斯勒仍在那里当煤矿工人和工会组织者。她在日落时分到了他独居的小屋，屋子没有锁门，因为里面没有什么值得偷的东西。惠斯勒还没有下工。玛丽·凯瑟琳带着吃的来的。因此惠斯勒回家时，烟囱在冒烟，屋里有一顿热饭在等他。

这就是她怎么到矿上去的。这就是在肯尼思·惠斯勒夜半酗酒撒野时，她怎么被吓得跑出来，在破烂小镇的街上，在月光下投入一个年轻采矿工程师的怀抱的。这个工程师当然是杰克·格雷厄姆。

于是我又想起了我狱中的朋友鲍伯·芬德医生写的一篇小说，那是他用笔名"基尔戈·特劳特"发表的。小说名叫《扳道旁边睡大觉》，说的是天堂的珍珠门外的一个大接待站，里面尽是电脑和原来在地球上拥有资格证书的会计师、投资顾问和经理人。

不经过他们的全面评估，你是不能进入天堂的。这份评估是有关你在地球上是如何充分利用上帝通过天使给你的商业机会的。

一天到晚，在每一个隔间，你都能听到这些专家几乎极其疲倦地对一次次错过了这个或那个机会的人说："你瞧，你又在扳道旁边睡大觉。"

我在隔离禁闭中过了多久了？让我猜一下：五分钟。

《扳道旁边睡大觉》是个亵渎神明的故事。主人公是阿尔伯特·爱因斯坦的鬼魂。他对发财致富毫无兴趣，很少去注意他的审计师对他说的话，因为这些话可以说是胡说八道，说什么要是他在一九〇五年没有忙着告诉全世界$E = mc^2$，而是把他在瑞士伯尔尼的房子做第二次抵押，然后把钱投资在已知的铀矿上，他早已发财做亿万富翁了。

"可是你呢——又在扳道旁边睡大觉。"审计师说。

"是啊，"爱因斯坦客气地说，"看来确实很典型。"

"所以你瞧，"审计师说，"人生是很公平的。你的机会真不少，不管你抓不抓得住。"

"是啊，我现在明白了。"爱因斯坦说。

"你愿不愿意照着这话说一遍？"审计师问。

"说什么？"爱因斯坦问。

"说，人生是公平的。"

"人生是公平的。"爱因斯坦说。

"要是你不信，"审计师说，"我可以给你举出更多的例子来。例如，先撇开原子能不说，你在普林斯顿大学高等研究所的时候，如果你把存在银行的钱拿出来，投资IBM公司，或者宝丽来公司，或者施乐公司，那么从一九五〇年起，即使你只有五年的寿命——"审计师抬起眉毛，示意爱因斯坦接着说下去。

"我就会发财了？"爱因斯坦说。

"'小康'，是不是可以这样说？"审计师得意地说，"可是你又——"他的眉毛又抬了起来。

"在扳道旁边睡大觉？"爱因斯坦抢先问。

审计师站了起来，伸出了手，爱因斯坦冷漠地握了一下。"所以你瞧，爱因斯坦博士，"他说，"我们不能什么都怪上帝不好，是不是？"他把爱因斯坦进珍珠门的通行证交给他。"很高兴天堂有你。"他说。

爱因斯坦于是进了天堂，带着他心爱的提琴。他把审计的事置之脑后，不再去想它了。他进出国境无数次，这时已是个老手了——总是有许多无聊的问题要回答，空头的承诺要做出，没有内容的文件要签字。

但是一进天堂，爱因斯坦就遇到了一个又一个的鬼魂，他们对自己的审计结果感到难过。有一对夫妻在新罕布什尔州养鸡失败，双双自杀，却不知他们一直住的地方下面就是世界上最大的镍矿。

一个十四岁的哈莱姆少年因械斗而死，却不知他每天经过的一个阴沟滤污器下面，一枚两克拉钻石戒指躺在那里好几个星期了。钻石没有毛病，也没有人报失。他的审计师说，他要是能够哪怕打一折出售，比方说，四百美元，然后做期货买卖，特别是当时的可可期货，他就可以买下派克大道的公寓，把母亲、姐妹都接去住，自己再上安多佛中学和哈佛大学。

又是哈佛大学。

爱因斯坦听到的审计故事都是美国人说的。他在天堂里选了美国人住的那一部分。可以理解，他对欧洲人有点儿厌憎，因为他是犹太人。不过被评估审计的不仅有美国人，也有巴基斯坦人、菲律宾群岛上的矮人，甚至共产党员也得经过这一关。

爱因斯坦一开始就对那些审计师要大家都感激的计算原理感到生气，这是不足为奇的。他计算了一下，如果地球上人人都充分利用一切机会，成了百万富翁，又升为亿万富翁，这样下去，这个小小星球上的纸上财富就会在三四个月之内超过宇宙中所有矿藏的总值。而且，也没有人愿意继续做有益的工作了。

因此他假定上帝全然不知他的审计师们在胡说八道些什么，就向上帝写了一封信，责备审计师（不是上帝）狠心地欺骗新来的人错过了地球上的机会。他想摸清楚他们的动机，不知他们是不是虐待狂。

故事至此突然结束。爱因斯坦没有见到上帝，可是上帝却派了一个气冲冲的大天使来。那个大天使对爱因斯坦说，如果他继续破坏鬼魂对审计工作的尊重，他就要把爱因斯坦的提琴取走，永远不给他了。此后，爱因斯坦就不再同别人谈审计的事了。他把提琴看得比什么都重。

这个故事当然是打上帝的耳光，说他居然用审计这样的廉价伎俩来逃避人世间经济状况疲困的责任。

我的脑中一片空白。

但接着我的心中又唱起了萨莉在花园里的歌。

与此同时，玛丽·凯瑟琳·奥卢尼正在行使她的杰克·格雷厄姆夫人的神通广大的权力，她打了电话给拉姆杰克公司职位最高的阿帕德·利恩，叫他查清楚警察把我弄到哪儿去了，同时派纽约市最能干的律师把我救出来，不计代价。

在这以后她还要任命我做拉姆杰克公司的副总裁。她说她还一不做二不休，列了一张名单，要利恩去搜罗别的一些好人，也委任他们做副总裁。当然这些人就是我向她提起的人——待我不错的陌生人。

她也叫利恩告诉美国竖琴公司的老秘书多丽丝·克拉姆，她不管多老都不用退休。

就在我被关在有软垫的拘留室里的时候，我想起了大学一年级时从《哈佛讽刺》上读到的一个笑话。当时这个笑话使我大吃一惊，因为听起来很下流。我后来担任总统青年事务特别顾问，因为要了解大学生的幽默，所以又发现这个笑话——虽经重印多次——只字未改。这个笑话是这样的：

女：你怎么敢这么吻我？
男：我只不过要弄清楚是谁吃光了杏仁饼。

因此我在被单独拘禁时笑了个痛快。但接着我就撑不下去了。我禁不住对自己不断地说："杏仁饼，杏仁饼，杏仁饼……"

之后的情况更糟。我哭泣起来。我跳起来撞墙。我在墙角里拉了一泡屎。我把奖杯扔在屎上。

我大声背诵了小学时学的一首诗：

我不在乎一死，
不在乎，不在乎！
就像射精一样，
射精一样！

我甚至可能手淫。为什么不？我们老年人的性欲不是大多数年轻人所能想象的。

我最终精疲力竭地垮了下来。

那天晚上七点，纽约市最厉害的律师到了警察局的楼上。他到处找我，找到了我所在的那个警察局。他是个有名的人，不论为谁辩护或对谁起诉，都以极其得力和无情著称。这样一个可怕的名人的到来使警方大吃一惊。他要求知道我的下落。

没有人知道。任何地方都没有把我释放或转移的记录。我的律师知道我没有回家去，因为他已到那里去打听过了。是玛丽·凯瑟琳告诉阿帕德·利恩，又由利恩告诉律师，我住在阿拉帕霍酒店的。

他们甚至查不出逮捕我的原因。

他们检查了所有的拘留室。当然，我都不在。把我带去拘留室的人都已下班了。这些人的家里也找不到他们。

这时，那个竭力想使律师息怒的警探忽然想起了楼下的那间拘留室，决定去看一看，以防万一。

他们开锁的时候，我正趴在地板上，像狗笼里的一条狗似的，面对着门。我只穿着袜子的脚朝着奖杯和那堆屎。我不知为什么脱掉了鞋。

警探开门时，看见我那副模样不禁大吃一惊，这才明白我被关在里面已经很久了。纽约市无意中对我犯下了一桩非常严重的罪行。

"斯塔巴克先生——？"他焦急地问道。

我什么也没说。不过我坐了起来。我已不在乎身在何处或者会碰到什么了。我就像一条已经上钩的鱼，尽一切努力做了挣扎。钓鱼竿的那一头，不论是谁，把我捉过去，我都不在乎了。

警探说："你的律师来了。"我甚至在心中也没有表示异议。谁也不知道我被关了起来，我没有律师，没有朋友，什么都没有。就这样吧：我的律师来了。

这时律师走了过来。要是他是独角兽，我也不会吃惊。实际上，他的确是有那么点儿奇特——才二十六岁就担任了参议员常设调查委员会的首席顾问，而委员会的主席是参议员约瑟夫·麦卡锡，那个自从第二次世界大战以来最引人注目的追查不忠诚的美国人的人。

这时他已四十多岁了，但仍面无笑容，显出一些神经质的精明。麦卡锡时代出现在我和利兰·克卢斯丢丑之后，在那个时代，我对此人一直又恨又怕。如今他到了我的身边。

"斯塔巴克先生，"他说，"我是来代表您的，如果您愿意的话。我是由拉姆杰克公司聘请来代表您的。我的名字叫罗伊·M.科恩。"

他真是神通广大！

我还没有来得及说什么"人身保护令"，就马上出了警察局，进了一辆等着的汽车。

科恩把我送上汽车，自己却没有上车。他祝我一切顺利，没有握手就走了。他从来没有碰我一下，也从来没有显示他知道我以前在美国历史上曾经扮演过一个非常公开的角色。

于是我又坐在一辆豪华轿车里。为什么不呢？在梦中什么都是可能的。罗伊·M.科恩不是把我从牢里弄了出来吗？我不是把鞋子忘掉了吗？因此，这梦为什么不继续做下去呢？让利兰·克卢斯和伊斯雷尔·埃德尔（阿拉帕霍酒店的那个夜班前台人员）坐在轿车后座，与我只有一座之隔？梦就是这样。

他们神情不安地向我点点头。他们也觉得稀里糊涂，不可理解。

后来发生的事情是，这辆汽车在曼哈顿转来转去，就像一辆校车似的，然后去接玛丽·凯瑟琳叫阿帕德·利恩去聘请来做拉姆杰克公司副总裁的一些人。这辆车是利恩的私人汽车。我从这次起才知道这种汽车叫"加长车"。美国竖琴公司完全可以把这汽车的后座改装成陈列室。

克卢斯、埃德尔和我们下一个去接的人都由利恩亲自打电话通知他们，当然，要先由他的助手查清楚他们是谁，住在哪里。利兰·克卢斯是通过电话本找到的；埃德尔是在阿拉帕霍酒店登记台后找到的。有一个助手到罗耶尔顿酒店的咖啡馆中去打听一个在那里工作、一只手被油炸坏了的人。

还有电话打到佐治亚州去——一个是打到拉姆杰克公司设在那里的分公司，问他们是不是有一个叫克利夫兰·劳斯的司机；另一个打到芬莱特空军基地联邦最低限度安保措施成人改造所，问他们那里是不是有个叫克莱德·卡特的看守和一个叫鲍伯·芬德医生的囚犯。

克卢斯问我是不是明白这一切。

"不，"我说，"这只不过是个囚犯的梦而已，是没有道理的。"

克卢斯问我的鞋子到哪儿去了。

"我忘在装了软垫的拘留室里了。"我说。

"你被关在装了软垫的拘留室里？"他问。

"不错，"我说，"这样你就不能伤害自己。"

一个坐在前座司机身旁的人这时转过头来。我也认识他。他就是头一天早上陪弗吉尔·格雷特豪斯进监狱的律师之一。他也是阿帕德·利恩的律师。他对我丢了鞋子感到不放心。他说我们可以回警察局去把鞋子捡回来。

"死也不去！"我说，"他们如今一定已经发现我把保龄球奖杯扔在屎堆上了，这样他们又会把我关起来的。"

埃德尔和克卢斯听到这话连忙从我身边缩回去一点儿。

"这完全是做梦。"克卢斯说。

"请做我的客人，"我说，"越多越好玩。"

"各位先生，各位先生，"那位律师客气地说，"你们不用担心。你们将会得到一生中最好的机会。"

"她什么时候见到我的？"埃德尔说，"她见到我做什么好事啦？"

"我们也许永远也弄不清楚，"律师说，"她很少解释她的行动，她不露真面目。谁都可能是她。"

"也许她就是昨天夜里在你之后来的那个拉皮条的高个子黑人，"埃德尔对我说，"我对她态度很好。她足足有八英尺高。"

"我没有见到她。"我说。

"那是你运气好。"埃德尔说。

"你们俩认识？"克卢斯问。

"从小就认识！"我说。我说这话是想用一笑置之的办法来把这梦吹成泡影。我是一心做好准备，不是回到阿拉帕霍酒店去，就是回到牢房里去。不管哪里，我都不在乎。

也许我还可以在我马里兰州切维蔡斯的砖砌小平房卧室里醒来，我的妻子仍活着。

"我可以向诸位保证，她不是那个高个子拉皮条的，"律师说，"有一点我们是可以肯定的：不管她的外表如何，她不是个高个子。"

"你说谁不是高个子？"我问。

"杰克·格雷厄姆夫人。"律师说。

"我为我提出的问题感到抱歉。"我说。

"您一定也为她做了什么好事，"律师对我说，"或者做了什么事被她看到了，使她敬佩。"

"这是因为我受过童子军日行一善的训练。"我说。

说话之间我们就到了上西区一所破旧的公寓大楼前面并停了下来。楼里走出来咖啡馆老板弗兰克·尤布里阿科。他为这场梦穿了一套淡蓝色的天鹅绒衣服，脚上蹬着一双绿白两色的牛仔靴，后跟很高很高。他被油炸坏的手上戴着一只很精致的白色小山羊皮手套。克卢斯为他拉下了一张安全座椅。

我向他打了招呼。

"您是谁？"他问。

"你今天早上为我提供了早饭。"我说。

"今天早晨我为所有人提供了早饭呢。"他说。

"你也认识他？"克卢斯问我。

"这个城市是我的老家。"我说。我这时更加相信这是一场梦了，便对律师说："好吧，接下来让我们去接我母亲。"

他不是很有把握地问："您母亲？"

"是啊。为什么不？所有人都在这里。"我说。

他想尽量顺着我："利恩先生倒并没有具体关照过您不能带别的人。您想接您母亲吗？"

"很想。"我说。

"她老人家在哪里？"他问。

"在克利夫兰的一所公墓里，"我说，"但你不要因此有所迟疑。"

他从此避免同我交谈了。

车子再次启动以后，尤布里阿科问我们，坐在后座的是些什么人。

克卢斯和埃德尔做了自我介绍。我没有。

"他们都是被格雷厄姆夫人看中的人，就像你一样。"律师说。

"你们认识她吗？"尤布里阿科问克卢斯、埃德尔和我。

我们都耸耸肩。

"耶稣基督啊！"尤布里阿科说，"您给我的差事得是个很好的差事。我很喜欢我目前的工作。"

"你瞧着吧。"律师说。

"为了你们诸位，我还推掉了一个约会。"尤布里阿科说。

"是啊——利恩先生也为你们推了一个约会，"律师说，"他的女儿今晚将在华尔道夫酒店的社交舞会上首次亮相，为了同诸位先生见面，他没法出席舞会了。"

"真是他妈的疯了。"尤布里阿科说。别人都无话可说。我们的汽车开过中央公园到了东城时，尤布里阿科又开腔了。"去他妈的首次亮相。"他说。

克卢斯对我说："你是唯一认识这里全部人的。这里面的事你多少应该知情一些。"

"为什么？"我说，"我是在做梦。"

直到抵达阿帕德·利恩的顶层公寓前，我们都没有再说话。律师叫我们把鞋脱在进门的门厅里。这是这里的规矩。我反正已经只穿着袜子了。

尤布里阿科问，利恩是不是日本人，因为只有日本人一进门要脱鞋子。

律师告诉他，利恩是个白种人，不过他是在斐济长大的，他的父母在那里开杂货店。我后来弄清楚，利恩的父亲是个匈牙利犹太人，他的母亲是塞浦路斯希腊人。他的父母是二十世纪二十年代末期在一艘瑞典大游轮上做工时认识的，到了斐济上岸，开起杂货店来。

利恩本人在我看来是个理想化的平原印第安人。他完全可以做电影明星。他出来到门厅时，身上穿着条纹丝绸睡衣、黑色袜子和吊袜带。他仍希望能来得及去参加女儿的舞会。

他在向我们做自我介绍之前，得把一个令人难以置信的消息告诉律师。"你知道那个狗娘养的为什么进监狱吗？"他说，"叛国！我们得把这种人弄出来，给他一个工作。叛国！一个叛国的人，你怎么把他弄出监狱？哪怕给他一个糟糕透顶的差事，全国的爱国人士都会闹翻了天，我们要怎么办？"

律师不知道。

"真是，"利恩说，"倒霉透了。把罗伊·科恩再给我叫来。

我真希望自己仍待在纳什维尔。"

这最后一句话暗示了在利恩的商业小帝国被拉姆杰克公司吞并之前，他曾一直是田纳西州纳什维尔的著名乡村音乐出版商。他的公司现在成了拉姆杰克公司乡村乐唱片部的核心。

这时他才一一打量了我们一番，大感不解地摇起头来。我们这一批人，三教九流都有。"各位先生，"他说，"你们都得到了杰克·格雷厄姆夫人的青睐。她没有告诉我是在什么地方或什么时候见到你们的，她只说你们都是诚实和善的人。"

"我可不是。"尤布里阿科说。

"你完全有不同意她的判断的自由，"利恩说，"我可不行。我奉命给你们安排待遇优厚的差事。不过，我是不在乎这样做的，让我告诉你们原因：她从来没有让我做过结果不利于公司的事情。我以前常常说，我不愿为别人工作，但是为格雷厄姆夫人工作是我一生最大的幸事。"他说这话是有诚意的。

他不在乎让我们都当副总裁。反正公司单单在最高的级别——整个企业的级别——就已经有七百名副总裁了。要是往下再到子公司一级，又有大批的总裁和副总裁。

"你知道她的长相吗？"尤布里阿科问道。

"我最近没有见过她。"利恩说。这是变相的说谎。就公开的记录来说，他从来没有见过她。他后来向我承认，他自己也不知道是怎么得到格雷厄姆夫人的看重的。他认为她很可能在《食客俱乐部》杂志上看到过一篇关于他的文章，这篇文章在他们的《实干家》一栏里报道过他。

反正，他对她是肝脑涂地。他对心目中的格雷厄姆夫人又敬又畏，就像埃米尔·拉金对心目中的耶稣基督又敬又畏一样。当然，在这种崇拜中，他比拉金幸运，因为他的那位见不到的上级经常打电话、写信给他，命令他做这做那。

有一次他甚至说："为格雷厄姆夫人工作让我有一种宗教性的体会。我本来是漂泊不定的，也不管能挣多少钱。在没有担任拉姆杰克公司总裁听她差遣之前，我的生活是没有目标的。"

我有时不得不想，一切幸福都是宗教性的。

利恩说他要在书房里同我们一一谈话。"格雷厄姆夫人没有把你们的情况告诉我，你们的特殊兴趣是什么——因此你们得向我说说你们自己。"他请尤布里阿科先到书房里去，要我们其余的人在客厅里等。

"你们想喝什么，尽管告诉我的管家。"他说。

克卢斯什么都不想喝，埃德尔要了一杯啤酒。我仍想把梦吹破，要了一杯普斯咖啡，这是一种彩虹颜色的饮料，我从来没有见过，但在修我的调酒学位时学过——先把一种颜色浓的利口酒倒在玻璃杯底，然后再把较浅的不同颜色的酒小心地用酒匙倒在上面，这样颜色一次比一次淡，而且每一层酒都不会被上下层干扰。

利恩对我要的酒很有印象。他重复一遍，看有没有听错。

"如果不是太麻烦的话。"我说。这同在酒瓶里造一只帆桅齐全的船相比，当然不是太麻烦。

"没有问题！"利恩说。我后来知道，这是他的口头禅。他二话不说叫管家给我一杯普斯咖啡。

他和尤布里阿科一起进了书房，我们其余的人进了客厅，里面还有一个游泳池。我以前从来没有见过带游泳池的客厅。当然，我听到过这样的事情，但是听到同实际看到客厅里放这么多水是两码事。

我跪在游泳池边，伸手到水里摸一摸，想知道水温。水是温的。我把手收了回来，看到它湿漉漉的，我不得不承认我不是在做梦。我的手真的是湿的，如果不擦干就还是湿的。

这一切都是真的。我站起来时，管家已把我的普斯咖啡端来了。

不承认现实不是办法。我以后得开始注意周围发生的事情。

"谢谢你。"我对管家说。

"不客气，先生。"他答。

克卢斯和埃德尔坐在有一条街那么长的长沙发的一头。我坐到他们那里去，要让他们知道我已平静下来了。

他们仍在推测格雷厄姆夫人是在什么时候看到他们行善的。

克卢斯说他挨家挨户推销印有广告的火柴和日历，没有很多机会可以行善。"我至多只能让一个看门的把他的战时经历告诉我。"他说。他想起一个纽约熨斗大厦的看门人，那个人自称是在第二次世界大战时第一个跨过德国莱茵河上雷马根桥的美国人。攻占此桥是件大事，盟军由此可以全速大举攻入德国。"我有时想，那个看门的很可能就是格雷厄姆夫人。"

伊斯雷尔·埃德尔认为格雷厄姆夫人可能会化装成一个男人。"我有时想，我们在阿拉帕霍酒店的一半主顾都是喜欢男扮女装或女扮男装的。"他说。

格雷厄姆夫人可能女扮男装的问题后来马上又被提出了，不过极为令人惊奇的是，是由阿帕德·利恩提出来的。

不过，在这以前，克卢斯又回到了第二次世界大战的话题。他对此动了情。他说他和我在战时都是机关工作人员，自以为对战争的胜败也做了贡献。"但是，沃尔特，战争是战士打赢的。别的都是梦话。"

他认为非军人写的一切关于战争的回忆录都是骗人的，好像战争是讲空话的人、写文章的人、社交明星打赢的似的，其实只能是战士打赢的。

门厅里的电话铃响了。管家进来说是找克卢斯的，他可以接我们面前茶几上的电话。这电话机是黑白两色的塑料做的，形状像《花生》连环画中著名的小狗史努比。《花生》的版权即将属于我领导的拉姆杰克公司的一个分部。我后来发现，在那个电话机上讲话，你得把嘴巴放在小狗的肚皮上，然后它的鼻子就钻到了你的耳朵里。为什么不呢？

电话是克卢斯的老婆萨拉，也就是我的老情人从他们家里打来的。她刚从一个私人护理病房回来，看到了他留下的字条，上面写着他在哪里，在干什么以及联系电话。

他告诉她我也在这里，她无法相信。她要同我说话。于是克卢斯把"塑料狗"给了我。

"喂。"我说。

"这真是疯了！"她说，"你在那里干什么？"

"在游泳池旁边喝普斯咖啡。"我说。

"我无法想象你喝普斯咖啡。"她说。

"可我正在喝。"我说。

她问我和克卢斯是怎样见面的。我告诉了她。"世界真小，沃尔特。"她说，又说了一些诸如此类的话。她问我，克卢斯有没有告诉我，我出庭做证，实际上是为他们做了一件好事。

"我得说这个看法是可以商榷的。"我对她说。

"可以什么？"她问。

"可以商榷。"我说，这个词她以前竟没有听到过。我向她做了解释。

"我这么愚蠢，"她说，"沃尔特，我不知道的东西这么多。"她说话听起来仍然像从前的那个萨拉。时间就像是回到了一九三五年一样，这使她接着说的一句话有了特别的意义："唉，我的上帝，沃尔特！我们俩都过了六十了！这怎么可能呢？"

"的确想不到啊，萨拉。"我说。

她要我和克卢斯一起回他们家吃晚饭，我说我能来就来，但我不知道下一步会发生什么事。我问她住在哪里。

原来她和克卢斯住在她外祖母之前住的那所大楼——都铎城公寓——的地下室。她问我是否还记得她外祖母的公寓，那些老仆人和家具都挤在四间屋子里。

我说我还记得，我们两人都笑了。

我没有告诉她，我的儿子也住在都铎城的什么地方。我后来发现他的确离她很近，还有他热爱音乐的妻子和领养的孩子。《纽约时报》的斯坦凯维奇也住在同一所大楼里，而且很出名，因为他的孩子很野。他的住处只比利兰和萨拉·克卢斯的高三层楼。

她说我们经过这一番沧桑仍能一起大笑真是不错。"至少我们仍有幽默感。"她说。这是朱莉·尼克松在她父亲被撵出白宫时说的话："他仍有他的幽默感。"

"是的——至少仍有幽默感。"我同意。

"服务员,"她说,"这只苍蝇在我汤里干什么？"

"什么？"我问。

"这只苍蝇在我汤里干什么？"她仍问。

这时我才想起来,这句话是我们以前在电话上互相说笑话时的一句开场白。我闭上了眼睛。我说出了答案,电话成了我的时间机器。它让我从一九七七年逃了出来,躲进了四维空间。

"我想它是在仰泳,夫人。"我说。

"服务员,"她说,"我的汤里还有一根针。"

"我很抱歉,夫人,"我说,"这是印刷错误,应该是一根面条[1]。"

"你为什么对奶油收这么多钱？"她问。

"因为母牛不愿蹲在这些小瓶子上。"我说。

"我一直以为今天是星期二。"她说。

"今天是星期二。"我说。

"我一直以为是这样,"她说,"告诉我,你们有烤饼吗？"

"今天的菜单上没有。"我说。

---

[1] 面条（noodle）和针（needle）仅有2个字母的差别。

"昨天晚上我梦见自己在吃烤饼。"她说。

"那一定很好。"我说。

"坏透了，"她说，"我醒来时，毯子不见了。"

她也有理由要逃到四维空间。我后来才知道，她的病人那天晚上死了。萨拉很喜欢她。那个病人只有三十六岁，可是心脏有先天缺陷——肥大且虚弱。

你不妨想象一下这番谈话对利兰·克卢斯的影响，他就坐在我的身旁。我闭着眼睛，完全沉溺在忘记时间、忘记地点的喜悦中，就好像我当着他的面在同他老婆交欢一样。他当然原谅了我。他可以原谅任何人的任何事。但是他仍旧对萨拉和我在电话上的情话绵绵感到吃惊。

还有什么比通奸更花样百出的呢？在这个世界上，没有。

"我想要节食了。"萨拉说。

"我知道你怎么能马上减掉二十磅肥肉。"我说。

"怎么做？"她问。

"砍掉你的脑袋。"我说。

当然克卢斯只能听到我这边的谈话，因此他只能听到笑话的前一半引子或者后一半的结尾，但从来没有两头都听全过。有些笑话是很有挑逗性的。

我记得我问萨拉，她交欢后是否吸烟。

克卢斯没有听到她的答复："我不知道。我从来不注意这个。"接着她问我："你做服务员以前干什么行当？"

"我清理布谷鸟钟上的鸟屎。"我说。

"我常常在纳闷儿，鸟屎中白色的到底是什么东西？"她说。

"那也是鸟屎。"我告诉她，"你做什么工作？"

"我在初轧机厂工作。"她说。

"初轧机厂的工作好吗？"我调皮地问道。

21

"唉，"她说，"我没有什么不满的。我一年挣的大约有一万美元。"萨拉咳嗽了一下。这也是一个提示，我差点儿错过了。

"你咳嗽得挺厉害。"我马上接上。

"停不下来。"她说。

"吃两个药丸，"我说，"正好对症。"

她就发出吃药的声音："咕嘟，咕嘟，咕嘟。"接着她问药丸里有什么成分。

"医学界已知的最有效的通便剂。"我说。

"通便剂！"她惊叫。

"是的，"我说，"现在你就不敢咳嗽了。"

我们也说了我假装有一匹病马的笑话。实际上我从来没有过马。笑话里我的兽医给了我半磅紫色的药粉，让我给马吃。他告诉我用纸卷成个管子，把药粉倒在管子里，将纸管子一端塞到马嘴中，然后从管子另一端一口气把药粉吹到马的喉咙里。

"马怎么样了？"萨拉问。

"马很好。"我说。

"你的脸色可不好。"她说。

"是啊，"我说，"因为马先吹气了。"

"你仍能学你母亲笑吗？"她问。

这可不是又一个笑话的引子。萨拉真的要听我学母亲笑，这是我在电话里常常为她做的。我已多年没有尝试了。我不但要提高嗓门儿，还得使笑声悦耳。

实际情况是：母亲从来没有大声笑过。她在立陶宛做女仆时就受到过训练，抑制住笑声。因为主人或客人若是听到仆人在笑就会怀疑是在笑他们。

因此我母亲如果实在忍不住要笑时，就拼命抑制，于是笑声就很小很小，像八音盒里发出来的悦耳的音乐，也许也像远处传来的铃声。这么悦耳动听的笑声，完全是无心形成的。

因此，我忘乎所以，吸了一口气，提高嗓门儿，为了取悦老情人，再现我母亲的笑声。

就在这个时候，阿帕德·利恩和尤布里阿科回到了客厅。他们听到了我笑声的尾声。

我告诉萨拉，我得把电话挂了，于是就把电话挂上。

阿帕德·利恩狠狠地盯着我看。我听女人说过，有的男人看女人就像是在想象脱她们的衣服。我如今尝到了这个滋味，实际上，利恩在做的正是这种事：他在想象我若没有穿衣服该是个什么样子。

他渐渐开始怀疑我就是杰克·格雷厄姆夫人，伪装成男人在检查他的工作。

<u>22</u>

当然，当时我不可能知道他在怀疑我就是格雷厄姆夫人。因此他以后对我的讨好就像这一天我所碰到的所有事情一样难以解释。

我开始以为，他这么关心我，是因为要在以后逐步告诉我坏消息时给我的打击不至于太大。我根本不是能进拉姆杰克公司的那块料，他的豪华轿车在下面等着把我送回到阿拉帕霍酒店去，我仍旧是失业状态。但是他的眼神却要比这热情得多。他渴望得到我对他做的一切事情的嘉许。

他对我说——不是对利兰·克卢斯或者伊斯雷尔·埃德尔——他已任命弗兰克·尤布里阿科为拉姆杰克公司麦当劳分部的副总裁。

我点头说这很好。

利恩觉得我光点头还不够。"我认为这是一个很好的人尽其才的例子，"他说，"你说呢？这就是拉姆杰克公司的宗旨，你是不是也认为，应该把人才放在能够充分发挥他们才能的岗位上？"

这个问题是向我提出来的，不是对别人，因此我说："是的。"

他同克卢斯和埃德尔谈了话，安排了他们的工作以后，我得又来一遍这样的流程。克卢斯被任命为钻石牌火柴分部的副总裁，这大概是因为他推销印有广告的火柴已这么久了。埃德尔被任命为好客联合有限公司分部的希尔顿酒店副总裁，这大概是因为他有在阿拉帕霍酒店做了三个星期夜班前台工作的经验。

最后轮到我到书房里与他谈话。"最后但最重要的一个。"他害羞地说。在他关上门之后，他的轻浮变得更加令人发指。"请到我的客厅来，"他喃喃地说，"蜘蛛对苍蝇说。"他向我挤眉弄眼。

我讨厌这样。我不知道别人在这里是受到怎样的对待的。

屋子里有一张墨索里尼式大写字台[1]，后面有一把转椅。"也许您应该坐在这里，"他说，抬了抬眉毛，"您不觉得这才是您应该坐的那种椅子？嗯，嗯？您坐的那种椅子？"

我想，这只能是取笑我。我对此表现得十分谦卑。多年来，我毫无自尊可言。"先生，"我说，"我不知道这是怎么一回事。"

"啊，"他说，伸着一根手指，"有时确实会发生这种事。"

"我不知道你是怎样找到我的，也不知道我究竟是不是你认为的那个人。"我说。

"我还没有告诉您我认为您是什么人呢。"他说。

"沃尔特·F. 斯塔巴克。"我丧气地说。

"要是您一定要这么说的话。"他说。

1　指意大利法西斯独裁者墨索里尼本人偏爱的设计简洁的大书桌。

"好吧，"我说，"不论我是谁，我都已微不足道了。你假如真的给我工作，我只要一个小差事。"

"我得到的指示是要请您担任副总裁，"他说，"这个指示是一个我非常尊重的人下达的。我是要遵命照办的。"

"我想做酒吧侍者。"我说。

"啊！"他说，"调普斯咖啡？"

"如果有必要的话，我是能调的，"我说，"我有调酒学博士学位。"

"如果您愿意的话，您还有个很好听的细嗓子。"他说。

"我想我现在最好是回家去了，"我说，"我可以走路。反正不远。"只有四十个街区。我没有鞋子。但是谁需要鞋子呢？没有鞋子我照样能回家。

"到回家的时候，"他说，"您可以坐我的轿车。"

"现在就该回家了，"我说，"我不在乎用什么办法回去。今天我够累的，脑子也不够用了。我现在只想睡觉。要是你知道有谁需要酒吧侍者，哪怕是兼职的，可以到阿拉帕霍酒店来找我。"

"您真是个好演员！"他说。

我低下头。我甚至不想再看他，也不想再看任何人。"一点儿也不，"我说，"从来不是。"

"那么我告诉您一件奇怪的事。"他说。

"我不会懂的。"我说。

"今天晚上在这里的人都记得见到过您，但他们在此之前从未见过彼此，"他说，"这您怎么解释？"

"那是因为我没有工作，"我说，"我刚出狱，一直在城里到处乱逛，没有事做。"

"真是个复杂的故事，"他说，"您说您坐过牢？"

"事实就是这样。"我说。

"我不会问您为什么坐牢。"他说，他的意思当然是，我，伪装成男人的格雷厄姆夫人用不着撒谎，除非是因为好玩。

"水门事件。"我说。

"水门事件！"他大吃一惊，"我是知道涉及水门事件的所有人的名字的。"我后来知道，他不仅知道他们所有人的名字，还同其中很多人很熟，以至于可以用非法的竞选捐款来贿赂他们，后来还为他们的辩护提供帮助。"可是我怎么从来没有听到过水门事件中有斯塔巴克这个名字？"

"我不知道，"我说，仍垂着头，"就像我参演了一场很成功的音乐喜剧，评论家提到了其他所有演员的名字，就只漏掉了我。你如果能找到一张旧节目单，我可以把我的名字指给你看。"

"据我所知，监狱在佐治亚州。"他说。

"是的。"我说。我想他知道这一点是因为罗伊·M.科恩为了把我从警察局弄出来查过我的记录。

"这样，佐治亚州的问题就弄清楚了。"他说。

我不懂为什么有人想把佐治亚州的问题弄清楚。

"原来您就是这样认识克莱德·卡特、克利夫兰·劳斯和鲍伯·芬德医生的。"他说。

"是的。"我说。这时我开始害怕起来。为什么这个人，这个世界上最有势力的公司总裁，竟要费心调查我这样一个可怜无用的囚犯？是不是还有人怀疑我掌握了什么了不起的秘密，可以进一步揭露水门事件？他有没有可能在同我玩猫捉耗子的把戏，最终要设法把我结果掉？

"还有多丽丝·克拉姆，"他说，"我想您也认识她。"

我终于放心了，因为我不认识她。如此看来我是无辜的！他对我的所有怀疑都要落空了。他找错了人，而我能证明这一点！我不认识多丽丝·克拉姆！"不，不，不，"我说，"我不认识多丽丝·克拉姆！"

"那个您叫我不要让她从美国竖琴公司退休的太太。"他说。

"我什么都没有叫你做过。"我说。

"这是一时口误吧。"他说。

这时我又一阵恐慌，因为我发现我是认识多丽丝·克拉姆的。她就是在竖琴陈列室一边哭一边清理办公桌的老秘书。不过，我不想告诉他我认识她。

但是他反正知道我认识她！他什么都知道！"您一定很高兴知道，我已亲自打电话给她，叫她放心，她不用退休。她想继续工作多久就多久。这不是很好吗？"

"不是。"我说。这个回答等于什么也没说。不过这时我记起了竖琴陈列室。我觉得这事好像是在一千年以前一样，恍若隔世，在我出生之前。玛丽·凯瑟琳·奥卢尼在那里。阿帕德·利恩既然无所不知，接着就一定要提她的名字了。

这时，过去这一小时的梦境突然显示出它一直是有道理的。我知道一件利恩自己所不知道的事情——也许世界上除我之外没有别人知道。这好像不可能，但一定是真的：玛丽·凯瑟琳·奥卢尼和杰克·格雷厄姆夫人是同一个人。

就在这个时候，阿帕德·利恩把我的手举到他嘴边吻了一下。"请原谅我揭穿了您的伪装，夫人，"他说，"但我以为您是有意让我轻易揭穿您的。我是绝对不会泄露您的秘密的。我很荣幸终于同您见了面。"

他又吻了我的手，也就是玛丽·凯瑟琳肮脏的小爪子早上抓过的手。"是时候了，夫人，"他说，"这么久以来我们都合作得很好，是时候了。"

我对被一个男人亲吻感到憎厌，并无意识地表示了出来，这使我成了名副其实的维多利亚女王！我的怒气充满帝王气派，但是我说的话是我少年时代在克利夫兰运动场上学来的话。"你他妈在搞什么呀？"我强烈地想知道。"我不是他妈的女人！"我说。

我在前面说过，我已在多年里失去了自尊心。而阿帕德·利恩如今就在一两秒里失去了他的自尊心，这是由他的荒谬的误解造成的。

他无言以对，面色发白。

他尽力振作，但没有完全恢复过来。他来不及表示抱歉，因为过分震惊，什么魅力或者聪明都施展不出来了。他只能瞎猜真相了。

"但是您认识她。"他终于说。他的声音里有一种无可奈何的语气，因为他是在承认一件我也刚开始明白的事：我比他更有力量，只要我愿意。

我向他证实了这一点。"我跟她很熟,"我说,"我相信,我要她做什么她就会做什么。"这最后一句话完全没有必要。这是报复。

他仍没有振作起来。我挡在了他的神和他自己中间。这次轮到他垂头了。"好吧。"他说,接着是一阵长久的沉默,"如果可能,帮我说些好话。"

现在我比任何时候都竭力想把玛丽·凯瑟琳·奥卢尼从她的错乱思想强迫她过的惨淡生活中拯救出来。我知道可以在哪里找到她。

"我不知道你是否能告诉我,"我对垂头丧气的利恩说,"在这样的深夜到哪里去找一双合脚的鞋子。"

他的声音仿佛从我即将要去的地方——中央车站的大地下库——传来。"没有问题。"他说。

23

确定了没人跟踪我以后，我下一步要做的事情就是单独走下铁楼梯到地下库里去。每走几步，我就用温柔的口气向着前面轻喊一声："玛丽·凯瑟琳，是我，沃尔特，是沃尔特来了。"

我的脚上穿着什么？我穿着一双黑漆皮鞋，鞋面上还有一只小小的蝴蝶结。这是阿帕德·利恩十岁的儿子小德克斯特给我的。鞋子正好是我的尺寸。德克斯特原来在舞蹈学校学舞蹈，必须买这种鞋子，如今没有用处了。他第一次向他的父母发出最后通牒，并大获成功：他告诉他们，如果他们坚持要他进舞蹈学校，他就自杀。他居然这么嫌恶舞蹈学校。

他真是个好孩子——在客厅游泳池里游过泳后穿着一套睡衣裤，外罩浴袍。他对我很关心，很同情：这个小老头儿的小脚上竟没有鞋子穿。我仿佛是童话故事里善良的小精灵，而他是个小王子，把一双魔法舞鞋作为礼物送给了小矮子。

他长得真漂亮。棕色的眼睛大大的，一卷卷黑色的浓发。要是我有这样一个儿子，我什么都愿意付出。可是我想，我自己的儿子会给阿帕德·利恩那样的父亲带来不少痛苦。

天公地道。

"我是沃尔特，玛丽·凯瑟琳，"我又喊道，"沃尔特来了。"来到阶梯底下，我发现了第一个迹象，说明事情可能不妙：一只布鲁明戴尔百货公司的购物袋横躺在那里，乱七八糟的破布、一只洋娃娃的脑袋、一本《时尚》杂志（拉姆杰克公司的出版物）从中散落出来。

我把购物袋扶正了，把这些东西都放回去，假装只要做了这些，就能让事情恢复正常。就在这个时候，我看到地板上有一摊血。这是我无法放回去的东西。越向前，血越多。

我并不是毫无目的地故作惊人之笔，要在这里让读者震颤一下，让他们以为我接着就会发现玛丽·凯瑟琳的双手被砍掉了，她举着血淋淋的断臂向我求救。实际情况是，她在芬德比尔特大道上被一辆出租车撞了一下，但她不愿进医院治疗，说自己很好，一切很好。

但是她一点儿也不好。

这很可能是一件具有讽刺意义的事，但我无法证实。很有可能，玛丽·凯瑟琳是被她自己公司的出租车司机撞的。

她的鼻子被撞破了，血就是从那里流出来的。还有更糟糕的事，我无法一一列举。玛丽·凯瑟琳身上还被撞伤了哪里，撞断了什么，都还没有检查统计。

她躲在厕所的一个隔间里，一片片血迹把我引到那里。谁在里面，毫无疑问，她的篮球鞋在门缝下清晰可见。

至少里面不是一具尸体。我轻轻说出自己的名字，表明来意和善意后，她拉开了门闩，把门打开。她没有上厕所，只是坐在马桶上面。她的样子就像在使用马桶一样，十分狼狈，生活给她的羞辱已达到了顶点。她的鼻血已止住了，留下了阿道夫·希特勒一样的一撇小胡子。

"唉！可怜的女人！"我叫道。

她对自己的状况一点儿也无所谓。"我想我就是这样的人，"她说，"我母亲就是这样的人。"当然啰，她的母亲死于镭中毒。

"你怎么啦？"我问。

她告诉我她被出租车撞了的事。她刚刚寄了一封信给阿帕德·利恩，确认她在电话上给他的一切指示。

"我去叫一辆救护车。"我说。

"不，不，"她说，"待在这里，待在这里。"

"可是你需要帮助！"我说。

"我已经不需要了。"她说。

"你不知道自己的伤势。"我说。

"我快要死了，沃尔特，"她说，"知道这个就够了。"

"只要有一口气，就有希望。"我说，准备跑上楼去。

"你千万别再把我丢下不管！"她说。

"我是要救你的命！"我说。

"你得先听我说我必须要说的话！"她说，"我一直坐在这里想：'我的上帝——我经过这许多磨难，做了这许多工作，却没有一个人来听一听我要说的最后几句话。'你去叫一辆救护车，那就没有一个懂英语的人听到我的话了。"

"我可以让你舒服一些吗？"我说。

"我很舒服。"她说。这话有些道理。她的一层又一层的衣服可以为她保暖。她小小的脑袋靠在厕所一角的墙上，用一只破布枕头垫着铁架。

这中间我们头顶上的岩石不时发出隆隆声。上面有别的什么东西快要死了，那就是美国的铁路系统。半残破的火车头拉着残破的客车车厢进出着车站。

"我知道了你的秘密。"我说。

"哪一个秘密？"她说，"我现在有不少秘密。"

我原来以为，在我告诉她我知道她是拉姆杰克公司的大股东的时候，会出现戏剧性的场面。结果当然是一场空。她早已告诉了我，是我自己没有好好听。

"你的耳朵聋了吗，沃尔特？"她说。

"我现在听得很清楚。"我说。

"难道你要我把最后的话大声嚷嚷给你听吗？"

"不，"我说，"但是我不要你再说什么'最后的话'这种话了。你这么有钱，玛丽·凯瑟琳！你如果愿意，可以把整个医院都接手过来，让他们把你治好！"

"我恨死这种生活了，"她说，"我已尽了我的努力，让大家过得好一些，也许谁都没有太好的办法。我已试够了。我现在要长眠了。"

"但是你根本不需要这样生活！"我说，"我到这里来就是为了告诉你这个。我会保护你的，玛丽·凯瑟琳。我们可以雇用我们能绝对信任的人。霍华德·休斯[1]雇用了摩门教徒——因为他们讲道德。我们也可以雇用摩门教徒。"

"唉，上帝，沃尔特，"她说，"你以为我没有用过摩门教徒？"

"你用过？"我问。

"我有一阵子用的全是摩门教徒。"她说，接着她告诉了我一个我万万没有想到的可怖故事。

那是她还生活得很奢侈的时候，她仍想方设法要小小地享受一下她的巨额财富。她是个许多人想要拍照、绑架、折磨或者杀死的对象。有人想杀死她，要她的手或她的钱，也为了报复。拉姆杰克公司侵占了或者毁掉了其他许多企业，甚至在推翻一些弱小国家的政府上都插了一手。

因此，除了对她雇用的忠实的摩门教徒，她对谁都不能泄露真实身份，而且她得不断地移动。因此，有一次她歇息在尼加拉瓜首都马那瓜的一家拉姆杰克公司所属酒店的顶层。这一层有二十间豪华套间，她都租了下来。从下面一层上来的两个楼梯口都用砖块砌死了，就像阿拉帕霍酒店门厅里的拱门一样。只有一部电梯可以升到顶层，那部电梯由摩门教徒掌管。

甚至连酒店经理都不知道她的真实身份。但是肯定可以说，马

---

1 美国企业家、飞行员、电影制片人、演员。他曾驾驶自己设计的飞机创造了世界飞行纪录，还投资制作了《地狱天使》等影片。

那瓜人人都推测出了她是谁。

尽管这样，有一天她还是轻率地决定独自一人到城里去逛逛，不论时间多短，也要尝尝她多年没有尝到的在世上做一个普通人的滋味。因此她戴着假发和墨镜出去了。

她看见一个中年美国妇女坐在公园的板凳上哭泣，就同她攀谈起来。那个妇女是从圣路易斯来的，她的丈夫是拉姆杰克公司安休塞-布什啤酒分部的酿酒师。他们听了一家旅游公司的建议到尼加拉瓜来度蜜月。她的丈夫在那天早上不幸死于阿米巴痢疾。

因此玛丽·凯瑟琳把她带回酒店，让她住在一个闲置的套房里，叫手下的摩门教徒设法用一架拉姆杰克公司的飞机把尸体和寡妇送回圣路易斯。

玛丽·凯瑟琳吩咐完，准备把一切安排告诉那个妇女时，发现她已被窗帘绳子勒死了。不过真正可怕的是：不论凶手是谁，显然那个凶手认为这个妇女就是玛丽·凯瑟琳。因为她的手被砍了，后来再也没有找到。

这件事情发生后不久，玛丽·凯瑟琳就回了纽约。她开始从华尔道夫酒店的套房中，用望远镜观察提购物袋的要饭婆。附带说一句，五星上将道格拉斯·麦克阿瑟将军就住在她上面一层。

她从此不出门，不见客，也不给任何人打电话；酒店的人也不让进。由摩门教徒从楼下送吃的来，帮她铺床，收拾房间。可是有一天她还是收到了一封恐吓信。一只洒过香水的粉红色信封放在了她的贴身内衣上。信中说，写信的人知道她是谁，要她对推翻危地马拉的合法政府负责。他要炸掉整个酒店。

玛丽·凯瑟琳吃不消了。她丢下摩门教徒出走了，他们毫无疑问是忠实的，但也无法保护她。她开始用从垃圾桶里找来的衣服一层又一层地包起身子来保护自己。

"要是你的钱使你这样不快活，"我说，"你为什么不捐掉它呢？"

"我是要捐掉的！"她说，"我死后，你看一看我的左脚鞋子，沃尔特。你会发现我的遗嘱在里面。我把拉姆杰克公司还给合法的主人——美国人民。"她笑了。看到这样巨大的幸福通过只剩一两颗老牙的牙龈展露出来，我感到十分痛心。

我以为她已死了。她还没有死。

"玛丽·凯瑟琳——？"我说。

"我还没有死呢。"她说。

"我现在得去找人帮忙了。"我说。

"你走开的话，我就会死的。"她说，"我可以保证这一点。我现在想死就能死。我可以自己选择时间。"

"这是谁都做不到的。"我说。

"要饭婆能做到，"她说，"这是我们的特权。我们说不好我们什么时候开始死。但是一开始死亡，沃尔特，我们就能选择确切的时间。你想让我马上就死吗，从一数到十？"

"别马上就死，永远别死。"我说。

"那你就待在这里。"她说。

于是我就待在那里。我能有什么别的办法呢？

"我要谢谢你抱了我。"她说。

"什么时候都可以。"我说。

"一天一次足够了，"她说，"今天已经抱过了。"

"你是真正和我做爱的第一个女人，"我说，"你还记得吗？"

"我记得那些拥抱，"她说，"我记得你说你爱我。在这以前从来没有人对我说过这话。我母亲曾经对我说过很多这样的话——在她死之前。"

我又哭了起来。

"我知道你并不是真心的。"她说。

"我是真心的，真心的。"我争辩说，"唉，上帝呀，我是真心的！"

"没有关系，"她说，"你生来没有良心，那是没有办法的事。至少你试着相信那些有良心的人所相信的东西——因此你也是一个好人。"

她停止了呼吸。她不再眨眼。她死了。

尾声

故事还没有完。故事总是没有个完。

这时是我获得自由的第一天晚上九点。我还有三个小时。我上了楼，告诉一个警察，地库里有一个提购物袋的要饭婆死了。

他的职务使他变得愤世嫉俗。他对我说："这有什么新鲜的？"

于是我站在地库我的老朋友的尸体旁边，等救护车和医务人员到来，就像其他忠实的动物会做的那样。由于知道她已经死了，所以他们不慌不忙，等到他们来时，她的尸体已开始僵硬了。他们看到后说了几句话。我不得不问他们说的是什么，因为他们说的不是英语。原来他们的母语是乌尔都语。他们都是从巴基斯坦来的。他们的英语很生硬。要是玛丽·凯瑟琳在他们面前死去，而不是在我的面前死去，那么我敢肯定，他们一定会说她临死时说的是胡话。

为了强作镇静，不让自己哭出来，我请他们向我介绍一下乌尔都语。他们说乌尔都语文学像世界上其他语言的文学一样伟大，但乌尔都语是成吉思汗宫廷里创造出来的一种多余的人工语言。它起初的作用是服务于军事，使首领们发出的命令可以让整个蒙古帝国的人都听懂。后来，诗人使它变得美丽起来。

活到老，学到老。

我把玛丽·凯瑟琳的娘家姓告诉了警察，还有我自己的真实姓名。我不想同警察耍小聪明。但我也不想马上让人家知道杰克·格雷厄姆夫人已经死了。这样宣布的后果肯定会造成雪崩一般的影响。

我是地球上唯一能触发这场雪崩的人。我还没有做好准备。这不像有的人说的那样，是我狡猾。这是出于我天生对雪崩的畏惧。

我步行回家，像一个无害的小精灵，穿着一双魔法舞鞋，回到了阿拉帕霍酒店。这一天已经有许多麦秆被纺成了黄金，也有许多黄金被纺成了麦秆。纺织的过程才刚刚开始呢。

酒店里来了一个新的夜班前台人员，这是很自然的事，因为伊斯雷尔·埃德尔被叫到阿帕德·利恩家了。这个新前台人员是临时叫来填补空缺的。他原来的岗位是卡莱尔酒店的前台，那也是拉姆杰克公司旗下的一家酒店。他衣着讲究，修饰整齐。要他接待妓女、刚出狱的因犯、刚出疯人院的病人那样的客人，他很不高兴，觉得自己受到了侮辱。

他竭力告诉我，他是卡莱尔酒店的，他只是暂时补缺。这不是他的工作。

我告诉了他我的名字以后，他说有一包东西给我，还有一封信。

警察局已把我的鞋子送还给我，并且取走了我酒店房间里的单簧管零件。信是阿帕德·利恩的亲笔信，像玛丽·凯瑟琳的遗嘱一样，后者已被我藏在手提箱的夹层口袋里——同我的调酒学博士文凭放在一起。我的雨衣口袋里塞满了玛丽·凯瑟琳鞋子里的其他东西，鼓鼓的像马鞍袋。

利恩在信中说，这信是只给我一个人看的。他说，在他的顶楼公寓时，由于一时忙乱，他没有抽出时间给我一个具体的职位。他认为如果我在他原来的部门工作，我一定会高兴的。那个部门是乡村乐唱片分部，如今也包括《纽约时报》、环球影业、玲玲马戏团[1]、戴尔出版公司等等。他说，还有一家猫粮公司，不过我不用操心，因为它就要被划到通用食品分部去了。这家猫粮公司原来是属于《纽约时报》的。

"如果这个职位不合尊意，"他写道，"我们会找到您喜欢的职位。我极其高兴地知道，格雷厄姆夫人派了一个人来监督我们的工作。请向她转达我最热诚的问候。"

信尾还有附笔。他说，他已擅自作主，替我在第二天上午十一点与一个叫莫蒂·西尔斯的人定了一个约会。信里还附了一个地址。我以为西尔斯是拉姆杰克公司的人事部主任或什么的，结果发现他是个裁缝。

又一次，一个亿万富翁送沃尔特·F. 斯塔巴克到自己的裁缝那里去，把他改造成一个令人信服的完美的赝品绅士。

1　世界三大马戏团（玲玲马戏团、纽约大苹果马戏团、太阳马戏团）之一。

第二天早晨，我仍因担心雪崩而处于麻木的状态。我平白无故地多了四千美元，从法律上来说成了一个小偷。原来玛丽·凯瑟琳在篮球鞋里垫了四张一千美元的钞票。

报上没有关于玛丽·凯瑟琳死亡的消息。怎么会有呢？有谁会关心？至于萨拉·克卢斯的那个死去的病人倒有一则讣闻，病人就是那个有先天心脏疾病的妇女。她有三个遗孤。她的丈夫一个月以前已因车祸而死，因此她的孩子如今都成了孤儿。

当我由莫蒂·西尔斯量尺寸，定制一套衣服时，总是觉得没人认领玛丽·凯瑟琳是一件让我无法忍受的事。克莱德·卡特也在那里，刚下了从亚特兰大来的飞机。他也在做新衣服，尽管阿帕德·利恩还没有见过他的面。

他吓得要死。

我告诉他别害怕。

因此午饭后我去了停尸房认领尸体。这很容易。还有谁要她这具瘦小的尸体呢？它没有亲戚。我是它唯一的朋友。

我最后看了它一眼。它已失去了任何意义。那里已没有人了。

"没人在家。"

我在一个街区外找到了一个殡葬服务人员。我叫他去把尸体接出来，涂了防腐的香油，放进一口耐用的棺材里。没有举行葬礼。我甚至没有把它送到坟地，那是在新泽西州莫里斯镇的一个大型公墓里。因为那天早上的《纽约时报》登了公墓的广告。每个墓上都有一块很雅致的小铜门，上面刻着墓主的姓名。

我做梦也没有想到，给铜门刻字的人两年以后会因酒驾被捕，并对逮捕他的警官所拥有的不平常姓氏发表感想。他以前只遇到过这个姓氏一次，那是在他阴森森的工作地点。那个莫里斯镇副警长的姓名是弗朗西斯·X.奥卢尼。

奥卢尼觉得很好奇，那坟墓里的女人同他会不会有什么亲戚关系。

奥卢尼用公墓里不全的档案，通过玛丽·凯瑟琳查到了纽约市的停尸房，在那里查到了她的一组指纹。他把指纹送给了联邦调查局，以防她曾经被捕过，或者在疯人院待过。

拉姆杰克公司至此开始崩溃。

这个故事还有一个古怪的小插曲。奥卢尼在没有查出玛丽·凯瑟琳实际上是谁之前，就爱上了他想象中的她，也就是年轻时的她。附带提一句，他什么都想错了。他想象她又高又壮，胸脯高耸，黑色头发，但实际上她身材矮小，骨瘦如柴，一头红发。他想象她是个移民，在一所阴森的宅邸里为一个脾气古怪的百万富翁做女仆，这个男人既吸引她，又使她感到厌恶，他最后把她虐待至死。

这一切情况，都是与奥卢尼结婚三十二年的妻子在提出离婚时透露出来的，并在小报的头版上待了一两个星期之久。那时候，奥卢尼已出名了。报上称他是"拉姆杰克公司的吹哨人"，或者类似的称呼。如今他的妻子提出，他对她的感情因一个鬼魂而冷淡了。他不肯再同她睡觉了，他也不再刷牙了，他上班总是迟到。他成了一个祖父，但他不在意，甚至都不愿看一眼自己的孙子。

他的行为中最令人难以忍受的是，即使在他弄清楚了玛丽·凯瑟琳的真正外貌以后，他仍热恋着原来梦中的她。

"谁也不能把她从我这里抢走，"他说，"她是我最珍贵的财产。"

我听说他已被解除了职务。他的妻子又在控告他，这次是为了分他的一笔小小的财产——他把他的梦的电影改编权卖了以后获得了一笔财富。这部电影要在莫里斯镇一所阴森的宅邸里拍摄。要是报上的推测可靠的话，他们还要四处物色饰演那个爱尔兰移民姑娘的女演员。阿尔·帕西诺已经同意扮演奥卢尼副警长，凯文·麦卡锡同意扮演脾气古怪的百万富翁。

我在外面逍遥太久了，他们说，如今我该回到监狱里去了。我对玛丽·凯瑟琳的遗骸闹剧般的处理本身倒不是罪状，因为尸体没有权利，谁都能像打扫昨夜的剩饭一样处理它。但是根据纽约州刑法第190.30条，我的行为使我成了E级重罪的主犯，罪名是非法隐匿他人遗嘱。

我把遗嘱存放在制造商汉诺威信托公司的保险箱里，这家公司也是拉姆杰克公司的一个分部。

我竭力想向我的小狗说明，它的主人要暂时离开它一阵子，因为他违犯了刑法第190.30条。我告诉它，法律既然制定出来就得遵守。它什么也不懂。它爱听我说话的声音，由我说出来的消息都是好消息。它摇着尾巴。

我生活得很奢侈。我用低息的公司贷款买了一套双层公寓。我把股票期权变现，买了衣服和家具。我成了大都会歌剧院和纽约市芭蕾舞团的座上常客，来回都坐豪华轿车。

我在家中举行亲密无间的宴会，招待为拉姆杰克公司写作的作家、录音的歌唱家、电影演员、杂技演员，其中有艾萨克·巴什维斯·辛格、米克·贾格尔[1]、简·方达[2]、冈瑟·格贝尔-威廉姆斯[3]，等等。这真好玩。拉姆杰克公司买下了马尔伯勒画廊和美国艺术家协会之后，我也请画家和雕塑家来参加宴会。

我在拉姆杰克公司干得怎么样？在我任职期间，我管理的分部包括它下面的子公司，不论是公开的还是隐蔽的，赢得的奖如下：十一个白金唱片奖、四十二个黄金唱片奖、二十二个奥斯卡金像奖、十一个美国国家图书奖、两面美国联盟赛锦旗、两面美国全国联赛锦旗、两面世界联赛锦旗、五十三个格莱美奖——而且我们的资本回报率从来没有低于百分之二十三。我甚至卷入了公司的内斗，阻止猫粮公司从我的分部划入通用食品公司。这真带劲儿！我真的着了迷。

我们有几次错过了诺贝尔文学奖。不过我们国家已经有了两个诺贝尔文学奖得主：索尔·贝娄和艾萨克·辛格先生。

我自己则一生中第一次在《名人录》中出现。不可否认，这是一份略带瑕疵的荣誉，我所负责的分部管辖着海湾与西部工业公

---

1 英国摇滚歌手，滚石乐队创始成员之一。
2 美国女演员、模特。
3 著名马戏表演者，曾担任前文提到的玲玲马戏团的驯兽师。

司，而该公司又掌管着《名人录》。除了我坐过牢和我儿子的名字，我把什么都放进去了：我生在哪里，上什么大学，做过的工作，我老婆的娘家姓。

我有没有邀请我的儿子参加宴会——和他崇拜的那么多英雄人物交谈？没有。我担任了他在《纽约时报》的上司以后他有没有辞职？没有。他有没有写信或打电话来问候我？没有。我有没有试着同他联系？只有一次。那是我在利兰和萨拉·克卢斯地下室的家的时候。我当时正在喝酒，我并不喜欢喝酒，也很少喝酒。我同我儿子相距很近。他的公寓就在我头顶上三十英尺高的地方。

萨拉让我打电话给他。

于是我拨了我儿子的电话号码。那是大约晚上八点钟。我的一个小孙子接的电话，我问他叫什么名字。

"胡安。"他说。

"你的姓呢？"我问。

"斯坦凯维奇。"他说。附带说一句，根据我妻子的遗嘱，胡安和他的兄弟杰拉尔多可以得到联邦德国的赔偿，因为纳粹德国在一九三八年吞并奥地利后，没收了我老丈人的书店。我妻子的遗嘱很老旧了，是在沃尔特小的时候起草的。律师劝她把钱留给孙辈，这样可以免掉儿子那一代的税。她在金钱问题上做得比我精明一些。当时我正好失业在家。

"你爸爸在家吗？"我问。

"他在看电影。"他说。

我松了一口气。我没有留下姓名。我只说等一会儿我会再打过来。

至于阿帕德·利恩对我的猜疑：像别人一样，他完全有权随意猜疑或者不猜疑，再也没有印有格雷厄姆夫人指纹的指示发给他了。最后一个书面指示是认可克卢斯、我、尤布里阿科、埃德尔、劳斯、卡特、芬德担任副总裁的任命。

从那之后就音信全无，一片沉默——但以前也有过这样的情况，有一次长达两年。在那期间，利恩根据玛丽·凯瑟琳于一九七一年发给他的一封指示信行事，这封信只说："买进，买进，再买进。"

她可真是找到了做这工作的最合适人选。阿帕德·利恩天生喜欢买进，买进，再买进。

我对他说的最大的谎话是什么？我说自己一星期见格雷厄姆夫人一次，她身体很好，很高兴，对公司的经营状况很满意。

我在大陪审团面前做证时说："关于格雷厄姆夫人，不论我说什么，她都相信。"

在与那个人的关系上，我拥有一种特殊的神学地位。我知道很多他可能想知道的关于自己人生的终极答案。

为什么他要不断地买进，买进，再买进呢？因为他的神要把美国的财富还给美国人民。他的神在哪里？在新泽西州莫里斯镇。她对他工作的完成情况满意吗？她说不上满意不满意，因为她已经死了。他下一步该怎么办？另找一个神来效劳。

在对他的几百万雇员的关系上，我当然也有一种特殊的神学地位，因为他是他们的神，应该知道他自己想要什么以及为什么。

但是，这一切如今都被联邦政府卖掉了，联邦政府雇用了两万名新官僚——其中一半是律师——来监督这件事。许多人以为拉姆杰克公司掌握了全国的一切生计命脉，结果发现它只掌握了百分之十九，连五分之一都不到，不免有些失望。但是，同其他大公司相比，拉姆杰克公司还是很庞大的。自由世界中第二大的公司规模只有它的一半大。排名之后的五家公司的规模加起来也仅及拉姆杰克公司的三分之二。

结果是，有钱人真多，大家都来买进联邦政府要处理掉的好货。美国总统本人也对这许多年来散在全世界的大量美元感到吃惊。这就好像他对地球上的人说："请您扫一扫院子，把扫起来的树叶寄给我。"

昨天的《每日新闻》内页有一张布鲁克林码头的照片。码头上堆有一英亩[1]左右的大包，看起来像装了棉花，实际上这是从沙特阿拉伯送来的一大包一大包的美元，用于现金交易购买拉姆杰克公司的麦当劳分部。

照片的标题是："终于回国！"

这些大包大包的钞票是归哪个幸运儿所有的呢？根据玛丽·凯瑟琳·奥卢尼的遗嘱，是美国人民。

1　英制中的面积单位，1英亩约等于4046.86平方米。

在我看来，玛丽·凯瑟琳的和平经济革命计划毛病出在什么地方？首先，联邦政府根本没有准备好代表人民经营拉姆杰克公司的所有业务。其次，这些企业大多数是为了赚钱，同雷雨一样对人民的需要漠不关心。玛丽·凯瑟琳还不如把她五分之一的财富赠给人民。拉姆杰克公司旗下的所有企业就其性质而言，是不受人民的哀乐影响的，就像马德罗斯、萨科、万泽蒂在电椅上死去的那个晚上落下的雨一样。雨反正是要下的。

经济是一种没有思想的气候系统——仅此而已。

把这样的东西给人民，是拿人民开玩笑。

上星期，人们为我举行了一次晚宴，你也可以管它叫"欢送会"。它也是纪念我任职的最后一天的结束。男女主人是利兰·克卢斯和他可爱的妻子萨拉。他们没有从都铎城公寓大楼的地下室搬出去，萨拉也没有放弃做私人护士，尽管利兰如今在拉姆杰克公司的年薪大约为十万美元。他们的钱大部分捐给了寄养父母计划，他们通过这个计划可以抚养世界上许多地方的境遇不幸的儿童。我想他们说过，他们正在资助五十个儿童。他们有其中一些孩子寄来的信和照片，他们拿给大家传阅。

在有些人的心目中，我可以说是一个英雄，这是很新鲜的事。我只手把拉姆杰克公司的寿命延长了两年多一点儿。要是我没有隐藏玛丽·凯瑟琳的遗嘱，参加这次晚宴的人就绝当不了拉姆杰克公司的副总裁。我本人则早已完蛋了——即使我再蹲一次监狱而没有死，我也会得到我所期望的下场：做个提购物袋的乞丐。

我又破产了吗？是的。辩护花了不少钱。而且，我在水门事件中的律师又来找我。因为他们当时为我辩护，而我还欠了他们不少的钱。

克莱德·卡特原来是我在佐治亚的监狱的看守，如今做了拉姆杰克公司克莱斯勒空调分部的副总裁，带了他可爱的妻子克劳迪娅一起来。他学他的总统堂兄学得惟妙惟肖，令人笑破肚皮，他说"我决不会对你们说谎"，还学堂兄答应人民重建布朗克斯，等等。

弗兰克·尤布里阿科带了他可爱的新婚妻子玛丽琳来。她才十七岁，弗兰克五十三岁。他们是在一家迪厅认识的。他们看上去很快活。她说他当初吸引她的地方是他只有一只手戴白手套。她就想弄清楚是什么原因。他先告诉她，那只手是朝鲜战争期间被火焰喷射器烧伤的，后来他承认是他自己用油锅时被烫伤的。他们已开始养热带鱼，他们有一张咖啡桌，专门用来放热带鱼。

弗兰克为麦当劳分部发明了一种新式收银机。如今要找一个明白数字的职员越来越难了。因此弗兰克把收银机按键上的数字改为汉堡包、奶昔、薯条、可口可乐等食品的图片。收银的人只要按一下顾客要的东西的图片，就能得出总金额。

弗兰克因此得了一笔不小的奖金。

我的推测是，沙特阿拉伯人会继续留用他。

鲍伯·芬德医生仍在佐治亚州的监狱中，他发了一封电报给我。玛丽·凯瑟琳要拉姆杰克公司也任命他做副总裁，但是他们没法把他弄出监狱。他的叛国罪太严重了。克莱德·卡特写信给芬德医生说，我也要回去蹲监狱了，他们要给我开个聚会，他应该发封电报来。

那封电报上说的就是："叮啊呤。"

这话当然是出自他的一部关于从小羊驼星球上来的法官的科幻小说，那个法官得找一具新的躯体还魂。他在佐治亚州飞进了我的耳朵，就同我的感情和命运联结在一起，不可分割，一直到我死。

根据这部小说中的法官的说法，他们在同小羊驼星人见面和分手时都说"叮啊呤"。

"叮啊呤"像夏威夷语的"阿啰哈"，也就是"你好"和"再见"的意思。

"你好"和"再见"。还有什么别的要说呢？我们的语言比实际需要多得太多了。

我问克莱德，他是否知道芬德现在在写什么。

"一本关于经济学的科幻小说。"克莱德说。

"他说过用什么笔名吗？"我问。

"基尔戈·特劳特。"克莱德说。

我忠实的秘书莉奥拉·博德斯和她的丈夫兰斯也来了。兰斯刚刚做了乳房切除大手术。他告诉我，每二百台乳房切除手术中就有一台是在男人身上做的。

活到老，学到老！

还有好几个拉姆杰克公司的朋友应该来却不敢来。他们担心他们的名誉和作为高管的职业前途可能因为与我交朋友而受到损害。

曾经参加过我举行的著名小型宴会的其他朋友发来了电报——

约翰·肯尼思·加尔布雷思[1]、萨尔瓦多·达利[2]、艾瑞卡·琼[3]、丽芙·乌曼[4]、马戏团的空中飞人等等。

我记得罗伯特·雷德福[5]的电报内容是："沉住气。"

但这些电报似乎不是那些人自愿发出的。追问之下，萨拉·克卢斯终于承认，她这一星期都在请他们发电报。

阿帕德·利恩叫萨拉带个口信，只给我一个人听："干得好。"这话可有多种不同的解释。

附带说一句，他不再主持拉姆杰克公司的解体工作了。他被美国电话电报公司聘用，而该公司刚刚被摩纳哥一家叫比贝克的新公司收购。迄今为止，还没有人能查清楚这家比贝克公司的背景，有人认为那是俄�人的公司。

这一次，我至少在监狱外有一些真朋友了。

桌子中央放着一瓶黄色的郁金香。又是四月了。

外面在下雨。老天爷在表示同情。

我坐在贵宾席——女主人萨拉·克卢斯护士的右方。我爱过的四个女人中，她是最容易交谈的。这也许是因为我从来没有答应过她什么事情，因此从来没有让她失望过。唉，主啊——我答应过我母亲、我可怜的妻子、可怜的玛丽·凯瑟琳那么多不能实现的

1　美国著名经济学家，曾担任约翰·肯尼迪总统的顾问及美国驻印度大使。
2　西班牙著名超现实主义画家，代表作有《记忆的永恒》《内战的预感》。
3　美国著名女性主义作家。
4　挪威女演员，曾两次获得奥斯卡奖提名。
5　美国著名演员、导演和编剧。

事情！

　　年轻的伊斯雷尔·埃德尔和他不怎么可爱的妻子诺尔玛也来了。我说她不怎么可爱，只是因为她总讨厌我。我不知道为什么，我从来没有侮辱过她，她的丈夫命运好转，她应该高兴。要不是我的缘故，他仍在当夜班前台人员。埃德尔夫妇把他挣的钱都用在重新装修布鲁克林高地的一所褐石宅邸上。但是，她每次看我时，我都觉得自己像被猫拖进来的东西。就是这样的感觉。我想她也许有点儿疯了。一年前她怀的一对双胞胎流产了。她的状态也许与这有关；也许她体内也因此产生了某些化学失调。谁知道呢？

　　谢谢上帝，她反正没有坐在我的旁边。坐在我旁边的是另外一个黑人妇女。那是尤卡里斯特·劳斯，前拉姆杰克公司司机克利夫兰·劳斯的可爱的妻子。克利夫兰如今是转运分部的副总裁了。他妻子的名字真的叫尤卡里斯特，意思是"幸福的感激"，我不知道为什么别人不为他们的女儿起这个名字。大家叫她"尤凯"[1]。

　　尤凯怀恋南方的家乡。她说那里的人更友善、随便、自然些。她是在克利夫兰之后，在亚特兰大市里或附近退休的。更何况，现在转运分部已由游戏场国际公司收购下来，大家都知道这家公司只是黑手党的一个掩护。不过无法证明。

　　我自己所在的分部被联邦德国的I. G.法本公司收购。

　　"拉姆杰克公司不会再像从前一样了，"我对尤凯说，"这一点是肯定的。"

1　此处作者玩了一个文字游戏。英文"UKey"是指电子密钥。

还有礼物——有的没意思，有的有意思。伊斯雷尔·埃德尔送了我一个橡胶蛋筒冰激凌，里面有只叽叽叫的小鸡，这是给我的小狗玩的。这只小狗是只母拉萨犬，像一根没有杆子的金色拖把。我小时候没有办法养狗，因为亚历山大·汉密尔顿·麦科恩讨厌狗。因此这是我唯一认识的狗——它还同我一起睡觉。它打呼噜，我的妻子也打呼噜。

我从来没有让它配种过，但是如今据兽医霍华德·帕德维说，它正在经历假孕，以为这个橡胶蛋筒冰激凌是只小狗崽。它把橡胶蛋筒冰激凌藏在衣柜里。它叼着它，在我的公寓里楼上楼下地跑。它甚至为它分泌乳汁。为了制止它，我只好给它打针。

我观察到老天爷竟让它在一个橡胶冰激凌上这么认真，这不过是一个橡胶做的黄色蛋筒的粉红色的冰激凌。我不得不自忖，我自己对于一些毫无价值的东西是否也同样可笑地给予了过分的重视。倒不是因为这有多么重要。我们在这里都没有目的，除非能够制造一个目的。我确信这一点。要是我没有像我度过这一生那样活着，而只是把一个橡胶蛋筒冰激凌从一个衣帽间叼到另一个衣帽间，六十年中什么也不干，人类在这个快要爆炸的宇宙中的情况也不会有一丝一毫的变化。

克莱德·卡特和利兰·克卢斯一起送了我一个要值钱得多的礼物，这是一台会下棋的电脑，大约只有一只雪茄盒大，但大部分空间都被棋子占了。电脑本身并不比一盒香烟大。这电脑名叫"鲍里斯"。鲍里斯有个狭长的小窗户，可以宣布他下一步走什么棋。他甚至会在我下棋时开玩笑。他会说："真的吗？""你以前玩过棋吗？""这是圈套吗？""请让我一个皇后。"

这些都是下棋时的标准笑话。亚历山大·汉密尔顿·麦科恩和我两人曾经不断地互相说过这些老掉牙的笑话，那是我为了将来有机会受到哈佛大学的教育，而同意做他的下棋机器的时候。要是鲍里斯早就被发明出来，我很可能会上西部储备大学，然后做纳税评估员，或者伐木厂经理、保险推销员之类的工作，结果我却成了继普茨·汉夫施丹格尔[1]之后名声最坏的一个哈佛大学毕业生，此人是希特勒最欣赏的钢琴家。

不过至少我在律师们前来把我的钱全部拿走以前，捐了一万美元给哈佛大学。

如今该我在宴会上向大家对我的祝酒致答词了。我站了起来。我至今滴酒未进。

"我是个惯犯。"我说。我把这个名词解释为一个习惯性地犯罪或做出反社会行为的人。

"学到这个名词也不错。"利兰·克卢斯说。

大家都哄堂大笑。

"我们可爱的女主人答应在晚会结束之前，再给我们两个惊喜。"我说。结果这两个惊喜是，我的儿子和他的小家庭从楼上下来，鱼贯而入，以及现场播放了一张很久以前我在加利福尼亚州

1　也称恩斯特·汉夫施丹格尔，普茨是其昵称。德国商人及政治家，毕业于哈佛大学。希特勒在早期政治活动中重要的支持者，"二战"期间担任过美国总统罗斯福的顾问。因他对纳粹政府的支持，哈佛大学曾拒绝他的捐款。

国会议员理查德·M.尼克松等人面前做证的一部分证词的录音唱片。这张唱片是每分钟七十八转的。真想象不到。"好像我遇到的意外还不够多似的！"我说。

"好的意外不够多，老朋友。"克利夫兰·劳斯说。

"请用中国话说。"我说。他曾经当过一阵中国人的战俘。

劳斯说了一句话，听起来很像是中国话。

"我们怎么知道他说的不是要一盘糖醋里脊呢？"萨拉说。

"你们无法知道。"劳斯说。

我们是用牡蛎开席的，因此我说牡蛎并不像许多人所以为的那样是春药。

大家发出了嘘声，接着，萨拉·克卢斯接上了我这句玩笑的话茬儿。"有一天晚上沃尔特吃了十二只，"她说，"只有四只有效！"

前一天，她的另一个病人也死了。

我突然觉得我们真是太荒唐了，因此有些不快。消息到底是坏得不能再坏了。外国人、罪犯、其他无数贪婪的大公司都在吞噬拉姆杰克公司。玛丽·凯瑟琳给人民的遗产变成了堆积如山的迅速贬值的货币，而这些货币又将浪费在一个庞大的新官僚机构、法律费、顾问费上，等等。据政客们说，剩下的钱可以支付国债的利息，再购买一些高速公路、公共建筑、先进武器，这是人民有权享有的。

还有，我又要进监狱了。

因此我决定对我们的轻浮表示一下不满。"你们知道咱们这个星球最后会因为什么而毁灭吗？"我问。

"胆固醇！"弗兰克·尤布里阿科说。

"完全缺乏严肃的态度，"我说，"大家对正在发生的事情，将要发生的事情，或者我们当初是怎样陷入这一团糟的，都已不再关心。"

伊斯雷尔·埃德尔由于有历史学博士的学位，以为我这是表示我们如果可能的话，应该更荒唐一些，就开始发出嘟嘟的怪声和嘘声。别的人也随声附和。他们自以为是在模仿来自外太空的所谓高级生物的信号，那是射电望远镜一个星期前才收到的。这是最新的轰动一时的新闻，事实上，它把拉姆杰克公司的新闻挤出报纸头版了。大家都在发出嘟嘟声、嘘声和笑声，不仅在为我举行的欢送会上，在哪里都是这样。

没有人想一想这种信号会是什么意思。不过科学家的确说过，如果信号确实来自外太空，那也已是一百万年以前发出的了。如果地球要答复，这将是一次非常费时缓慢的对谈的开始而已。

因此我放弃了再说些什么严肃的话。我又说了一个笑话，就坐下了。我已说过，聚会在我儿子、儿媳妇、他们的两个孩子到达后，以播放一张一九四九年我在国会一个委员会上做证的最后几分钟录音的唱片作为结束。

我的儿媳妇和孙辈们似乎很自然、平易地向我表示了对长辈的尊敬，不管怎样，我毕竟是个修饰整洁、慈祥和善的老头儿。孩子们在我身上找到了可爱的地方，我想那应该是和圣诞老人比较像的。

我儿子的样子让我吃了一惊。他衣着随便，面有病容，年纪轻轻，却很不快活。他像我一样很矮，但几乎像他母亲临终时那么胖。我仍满头浓发，他却已经秃了。这秃头一定是从他母亲的犹太血统里遗传下来的。

他烟不离手，吸的又是没有过滤嘴的香烟，咳嗽不断。他的衣服上尽是香烟烧的小窟窿。在放唱片时我偷看了他一眼，我发现他很紧张，同时在抽三支烟。

他同我握手的姿势，可以说像在斯大林格勒投降的一个德国将军那样正确而悲惨。在他看来我仍是个怪物。他是违背他的正确判断而被哄骗来的——被他的妻子和萨拉·克卢斯。

太糟糕了。

唱片放了以后并没有改变什么。孩子们早该上床了，所以坐立不安，直打瞌睡。

放这张唱片原来的目的是向我表示敬意，让不知道的人亲自听一听，我当时是个多么天真单纯的年轻人。我无意中揭发利兰·克卢斯以前参加过共产党的部分，大概是在另外一张唱片上，没有播放出来。

我现在听下来，只对最后几句话感兴趣。我早已忘了我说的这些话。

国会议员尼克松问我，既然我是受到美国人款待的移民之子，既然我被一个美国资本家当作亲生儿子一样送到哈佛大学去受教育，我为什么仍对美国经济制度这么忘恩负义。

　　我给他的答复并不是原创的。我的什么都不是原创的。我只重复了我以前有一阵子十分崇拜的英雄肯尼思·惠斯勒，在很久很久以前对类似问题所做的答复。当时，惠斯勒在一场指控罢工工人采取暴力行动的审判中出庭做证。法官对他感到好奇，问他，为什么他一个出身于这样一个好人家庭而又受过良好教育的人会混迹于工人阶级之中？

　　我从他那里偷来的给尼克松的答复是："你问为什么，是因为基督在山上的教谕，先生。"

　　参加聚会的人们在发觉唱片已放完时，客气地鼓了掌。

　　再会。

W. F. S.

读客®

彩条文库

外国文学读彩条，大师经典任你挑。

扫一扫，立即查看彩条文库全书目，
收集下一本文学好书！

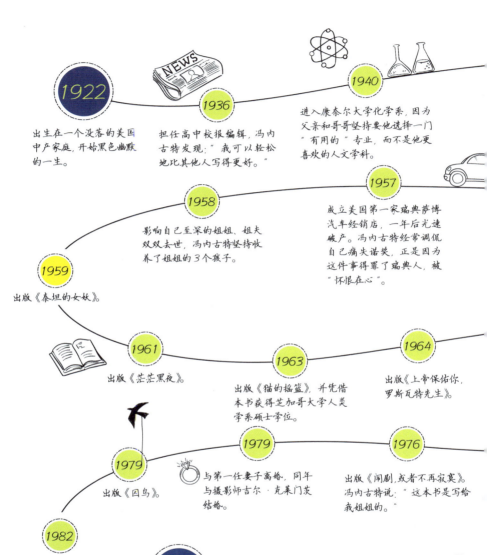

1922

出生在一个没落的美国中产家庭，开始黑色幽默的一生。

1936

担任高中校报编辑，冯内古特发现："我可以轻松地比其他人写得更好。"

1940

进入康泰尔大学化学系，因为父亲和哥哥坚持要他选择一门"有用的"专业，而不是他更喜欢的人文学科。

1957

成立美国第一家瑞典萨博汽车经销店，一年后光速破产。冯内古特经常调侃自己痛失诺奖，正是因为这件事得罪了瑞典人，被"怀恨在心"。

1958

影响自己至深的姐姐、姐夫双双去世，冯内古特坚持收养了姐姐的3个孩子。

1959

出版《泰坦的女妖》。

1961

出版《茫茫黑夜》。

1963

出版《猫的摇篮》，并凭借本书获得芝加哥大学人类学系硕士学位。

1964

出版《上帝保佑你，罗斯瓦特先生》。

1979

出版《囚鸟》。

1979

与第一任妻子离婚，同年与摄影师吉尔·克莱门茨结婚。

1976

出版《闹剧，或者不再寂寞》。冯内古特说："这本书是写给我姐姐的。"

1982

出版《神枪手迪克》。

1984

功成名就、家庭美满的冯内古特因抑郁症自杀未遂。女儿娜内特曾说："父亲写《五号屠场》是为了救自己，结果这本书也救了很多人。"

1985

出版《加拉帕戈斯》。

1987

出版《蓝胡子